El congreso de literatura

César Aira

文学会議

セサル・アイラ
柳原孝敦 訳

CREST BOOKS
Shinchosha

目　次

Artwork by Isamu Gakiya
Design by Shinchosha Book Design Division

文学会議

文学会議

El congreso de literatura

第一部　マクートの糸

最近ベネズエラに行った際に、有名な〈マクートの糸〉を堪能する機会に恵まれた。〈新世界〉の不思議のひとつ、名も知れぬ海賊たちの後世への贈り物、観光客たちの目を魅了するあの答えなき謎を間近に眺めたのだ。天才のつくり出した奇妙な記念碑とも言えるそれは、何世紀もの間その謎が解明されずにいたが、そうこうするうちにひとつの〈自然〉を形成するにいたった。この地域では〈自然〉は、いろいろなものを変えてしまって、そのことごとくがいちいち豊かなのであるが、〈自然〉そのものも負けず劣らず豊かだ。マクートというのはカラカスの高地の麓に連なる海沿いの町のひとつで、私が着いた空港のあるマイケティーアの隣だ。私は一時的にそこの海岸に面する〈十五文字〉、というのは同名の酒場とレストランの眼前にそびえ立つモダンなホテルだが、そこの部屋をあてがわれたのだった。私の部屋は海に面していた。広大にして親密なるカリブ海だ。青く輝く海だ。〈糸〉はホテルから百メートルのところに渡されていた。私は窓から眺めてそれに気づき、確かめに行ったのだ。

私が子供のころは、まあラテンアメリカの子供なら誰もそうだが、〈マクートの糸〉のことについて、ああでもないこうでもないと無駄に考えを巡らせて、それにどっぷりと浸っていたものだ。するとその中で海賊たちの小説のような世界が現実のものに、触れることのできるものに、まだたどり直せる痕跡になったものだ。事典類（私が使っていたのは『青年版万物宝庫』で、実にこれ以上はないほどにその名にふさわしいものだった）には図や写真が掲載されていて、私はそれをノートに書き写していた。こうして私はひとり遊びしながらほつれ目を解き、秘密を明るみに出し……などしていたのだ。その後もテレビで〈糸〉についてのドキュメンタリー番組を見、それについての本を買い、あまつさえ、ベネズエラおよびカリブの文学の研究を続けるうちに、それがライトモティーフとなっているので、何度もそれに出くわしたりもした。それから、誰もがそうだろうが（といっても皆はとりわけてそれに興味を抱いているというわけでもあるまいが）、この謎を解くための新たな理論や新たな試み……等々についての新聞記事も追っていた。いつだって、新たな、とされるのだから、その前のものが失敗に終わったのだということが、これで充分にわかるというものだ。

はるか大昔からの言い伝えによれば、〈糸〉は海賊たちがその場所に隠した、それはそれは高価な戦利品の宝物を、そこから引き揚げるために使われたに違いないとのこと。海賊たちの中にひとり（記録や文書館をことごとく渉猟したけれども、誰かは特定できなかった）、第一級の天才科学者兼芸術家がいたに違いない。船乗り界のレオナルド・ダ・ヴィンチがいて、優れものを考案し、それを使って戦利品を隠したり取り出したりしていたのだ。

その道具は天才的なまでにシンプルな造りだった。その名のとおり、一本の〈糸〉、たった一本、といっても現実には天然繊維のロープ一本で、それがマクートの海岸近くの、底にかまがぱっくりと口を開いているあたりの海面上三メートルばかりの高さに張られているという具合だ。糸の一方の端はかまの中に沈んでいて、海岸から二百メートルの場所に突き出た岩を、ちょうど石でできた自然の滑車の溝車とする形になり、地上にある同じく自然の尖塔にくるりと巻きついて結び目をつくり、そこから、海岸沿いに連なる山々のうちの二つに向けてのぼり、三角形を作ってまた「尖塔」に戻ってくる。復元作業など施さずとも、装置は何世紀もの時の流れに抗い、手つかずのままだった。特に手入れされていたわけでもなく、それどころか逆に、宝石探索者たち(誰もがそうだ)や略奪者、物好き、それに群れをなす旅行者たちの下品で乱暴ですらある扱いに耐え、生き延びてきたのだ。

私もまたそれを手ひどく扱う者のひとりだった……やがてわかるように、その最後の者だった。この装置の前に出ると私は、軽く興奮した。その有名な物体については知り抜いていたけれども、そんなことは問題にはならなかった。実物を目の当たりにすると大違いだった。それが本物だろうかと疑われ、本物だと実感するのに努力を要する。夢のヴェール——というのが現実の実体なのだ——を剝がし、その瞬間の位置、高みへと登らなければならない。その瞬間のエヴェレストへだ。言うまでもないが、私にはそんな偉業はできない。とりわけ私には無理だ。だが、そうであったとしても、何しろそこにあるのは……もろいのに壊れない、その強さにかけて何ものにも引けを取らない美しい物体、ピンと張って細く、客を乗せて行く船と、冒険者を乗せて行く船の、いにしえの光を捉えてきたあの物体なのだ。なるほど言い伝えられてきたことは正しかったということもわかった。まったく物音を立てないわけではないということだ。嵐の晩には、風に吹かれてそれは歌うのだ。ハリケーンが吹き荒れる間それを聞いた者は、生涯にわたたって、得体の知れない狼の遠吠えのようなその唸り声が耳にこびりついて離れなくなってしまう。海からそよ風が吹くたびに、たった一弦のその竪琴はかき鳴らされてきた。こうして、風は自分を忘れるなかれと語りかけてきたのだった。ところがその日は、空気は微動だにしなかった（鳥から羽が抜けたとすれば、垂直に落ちたに違いない）というのに、轟々と音が鳴っていた。重く鋭い微音量のその音が、沈黙の内奥で響いていた。

　私がその記念碑的装置の前にいるせいで、たいそうな結果がもたらされていた。客観的な、歴史的なその効果というのは、私にだけ作用したのではない。世界に作用していた。私はただ慎ましやかにひっそりと、はかなく、ほとんど他の観光客と同じようにそこにいただけだというのに……それがなぜそんな結果をもたらしたかというと、その日の午後私は、謎を解いたからだ。眠っていたその装置を動かし、海底から宝を引き出してみせたのだ。

　私が天才だとか、生まれつき何かを持っているというわけではない。そんなはずなどあるわけがない。まったくの逆だ。要するにどういうことかというと（どうにか説明しようと思うのだが）、人は誰しも、何かを意識するのに、自身の経験と記憶と知識にしたがって、それらを足し合わせて行うということだ。それらの蓄積はきわめて個人的なもので、だからこそ意識は意識なのだが、それは個人個人違うものになるのだ。人は皆、それぞれの意識を持つが、その意識の力は様々で、大きいものもあれば小さいものもある。が、いずれにしろそれは唯一の、彼だけのものだ。そうした力のおかげで人は、その人だけが可能な「手柄（てがら）」――そこそこなものもあれば偉大なものもある――を立てる。ここでこれまで誰もが挫折してきたのは、彼らが知性と才能をただ量的な面で前に進めようとしたからだ。本当はそのとき必要だったのは、その両方の、量的ではなく、ある一定量の質的な前進だったというのに。私自身がこれまで確認してきたことだが、私の知力など実に微々たるものである。人生という荒波に揉まれ、浮かんでいるのがやっとなほどだ。しかしそれは質において唯一無二のものだ。といってもそれが唯一無二なのは、私がそうしようとしたからではなく、そうなるべくしてなったのだ。

こうしたことはこれまでもずっと、あらゆる方面のすべての人間に対して起こってきたことだし、今も起こっていることだ。だが文化の領域からの例が一番わかりやすかろう（他のどこから例を引き出せというのだ）。ある特定の知識人がそれぞれ唯一無二の存在であるということは、彼らがこれまでにどんな本を読んできたかをみるだけで一目瞭然だ。以下の二冊を読んだことのある人間が世界にどれだけいるだろうか？　A・ボグダーノフの『生の経験の哲学』とエスタニスラオ・デル・カンポの『ファウスト』だ。これらを読んだ人がどんなことを考えたか、どんなことが心に響いたか、どんな風に変わったか、といった問題は、今はおいておこう。それは必然的に個人的で伝達できないものだろうから。二冊の本という剝き出しの事実だけを問題にしよう。ひとりの読者がこの二冊を同時に読むということはあり得ない。というのも、二冊は遠く隔たった文化環境に属するものだからだ。それに、いずれも世界のどこでも読まれる古典的基礎文献でもない。そうではあっても、時代も場所も違う一、二ダースばかりの知識人が、この二冊の本から滋養を吸収してきた可能性はある。しかしそこに、第三の本、たとえばレーモン・ルーセルの『無数の太陽』を加えてみるとどうだろう。そうするとこの数はたちどころに減るだろう。「ひとり」（つまり、私）とまでは言うまいが、そんなところだろう。たとえば「ふたり」だったとしよう。そうすると私は、そのもうひとりに向かって「わが似姿、わが兄弟」と呼びかける資格があるというものだ。もう一冊、四冊目の本を加えれば、たったひとりだと確信できる。しかも私は四冊も本を読んでいない。たまたま、あるいは好奇心に駆られて手にした本は何冊となくあった。本だけでなく、あくまでも文化の領域に絞って、これにレコードや絵、映画……などを加えて考えるといい。

こうしたことに加え、生まれてからこの方、私は私なりの昼と夜とを過ごして日々を生きてきたのであり、それにしたがって私の意識は、他の誰とも違うものになったのだ。そうしてできた私の意識が、たまたま〈マクートの糸〉の問題を解く条件を満たした。いとも簡単に、いとも自然に、まるで二たす二が四とでもいう具合に私はそれを解いた。私はそれを解いたのであって、作ったのではない。だから私は、その装置を作った名も知らぬ海賊が私の知的双生児だと言いたいのではない。私には双子はいない。そしてだからこそ、私はその謎の鍵を見出すことができたのだ。私以前、四世紀もの長きにわたって、何百もの研究者と何千もの山師たちが、私よりずっと豊かな手段を講じ、しかも近年では潜水具だのソナーだの、コンピュータにその他の様々な分野の器具を組み合わせて使ってきたというのに、ついに解けなかったその謎を、私が解いたのは、ある意味、私だけがそのように運命づけられていたからなのだ。

だが、私は文字どおりの意味で唯一の存在だったわけではない。このことは言っておきたい。私が積んできたのと同じ経験をした者（これが肝心なのだ。すべての経験が同じだということが。というのも何が必要なものであるかはあらかじめ決定することはできないからだ）なら誰でも私と同じことができたはずなのだ。そしてまた何から何まで「同じ」経験である必要もない。経験には等価経験というものが存在するからだ。

そんなわけで私は過度にうぬぼれはすまい。偉業などというものはどれも偶然のなせるわざなのだし、私はその偶然によってしかるべき場所に導かれただけなのだから。しかるべき場所とは、〈十五文字〉ホテルであり、そこに十一月のある日の午後、所在なく数時間いるはめになった（空港での乗り継ぎに遅れ、翌日まで待つことになった）というだけのことなのだ。ここに来たときには〈マクートの糸〉のことは考えていなかった。存在すら忘れていたほどだ。それがそこに、ホテルの目と鼻の先にあったのだから、ずいぶんと驚いたものだ。それはまるで海賊の本を読みあさっていた私の子供時代を思い出させるよすがのように、そこにあったのだ。

ついでながら、ただしこれは説明するという行為の法則に従うまでのことだが、一言すると、このとき、関連するもうひとつの謎も明らかになった。というのは、ロープ（道具に巻きつく「糸」）がこれだけ長い間腐食もせずに残っていたのはなぜかということもわかったのだ。これをまとめる繊維のおかげでロープは保たれていたのだ。ただし、〈マクートの糸〉それ自体がまとまった一つの素材でできているのではない。そのことは、先がダイヤモンドでできたピンセットで採取した繊維を、研究室で徹底して分析した結果、証明されたことだ。ロープはパイナップルの髭とカズラを撚った繊維を麻の芯に巻きつけただけのつくりだった。

謎の核心を解く鍵はすぐに見つかったわけではない。二、三時間も、自分の頭の中で解答が練られていることも知らず、私は周囲を歩き回り、部屋に上がってしばらく書き物をし、窓から海を眺め、無聊の慰みに再び外出したりしていたのだ。こうしたことの合間にも、子供たちが海岸から二十メートルばかりのところにある岩から、海へと飛び込むさまを眺める時間もあった。このことはいわば「小さな物語」だし、実際、私以外にはたいして興味を惹かないことかもしれない。しかし、こうした何とも言い難い、微視的なピースが組み合わさってパズルができているのだ。というのも、現実には「そうこうする間」など存在しないからだ。たとえば、ぼんやりしながら私は、その子供たちの遊びを、自然の要素でできた慎ましい人工物だと思って眺めていた。自然の要素というのは、飛び込みの運動の快楽や筋肉への衝撃の認識とか、水泳と呼吸法……といったものだ。どうすれば彼らは波に見え隠れする尖った石を避けられるのだ？　かちんこちんのクラゲのような突起のある岩は、ぶつかったら死んでしまいそうだが、それをわずか数ミリでかわすなど、どうすればできるというのだ？　習慣の力というやつだ。きっと彼らは毎日やっているに違いない。こうしてその遊びに習慣の力が加わり、伝説に転じたのだ。その子供たちはマクート海岸の習慣の力なのだった。だが、伝説というのもまた、いわば習慣だ。それから時刻も重要だ。その時刻ぴったりであることも肝心だ。つまり夕暮れ時、熱帯のあまりにも早い、そして同時にあまりにも悠然かつ壮大な調和を見せる夕暮れ時。その時刻もまた習慣となる……。

突然、何もかもが腑に落ちた。これまで疲れたときか諦めたときでなければ何も理解したことのなかったこの私が、すべてを理解したのだ。メモしようと思った。小説を書くためのものだ。しかし、この際だ、書いている場合などではなく、いっそのことやってみたらどうだろう？　私は急いで〈糸〉が三角形になって上昇する地点の台状になった場に出向いた……指先でわずかに結び目に触れてみた。まとめて裏返してみたが、ほどく気など毛頭なかったのに……周囲何キロにも渡ってブーンという音がしたと思うと、〈糸〉は超高速で巻き取られていった。巻きついていた山が震えたようにも見えたが、ロープが滑るのを見たことによって生じた幻覚だろう。ロープは海に入っていく区間でピンと張りつめた。私の行動をみとめた野次馬たちの視線が、近くの建物の窓から顔を出した連中の視線が、沖に集中した……。

するると、高らかな軋み音とともに波しぶきが上がり、〈糸〉の先に吊り下げられた宝箱が飛び出してきた。勢い余って空中八十メートルばかりの高さまで上がり、一瞬動きを止めたかと思うと、巻き取られる糸に引っ張られ、まっすぐにこちらに向かって来て、石の台の上、私の待ちかまえている場所から一メートルの場所に、手つかずのまま着地した。

ここでくだくだと説明を展開すまい。そんなことをしたら何百ページにもなるだろう。そんなわけで、読者の時間に敬意を払い、これから先の文章はある一定の長さにすることに決めた(これはその文章のほんのプロローグに過ぎない)。

強調しておきたいのは、この謎をどのように解いたかという思考過程を説明することを決めたのではなく、それの現実面も説明することにしたということだ。つまりどういうことかというと、何をすべきか理解すると、私はそこに出向いてすべきことをやったということだ。するとそのモノは反応した。〈糸〉はもう何世紀も前から張りつめた弓のような状態になっていて、満を持してその矢を放ったのだ。そんなわけで隠されていた財宝が私の足下に転がり込み、私は一夜にして大金持ちになった。これが現実面というやつだ。何しろ私はそれまでずっと貧しかった。そしてとりわけ近年は、これまでにもまして貧しかったのだから。

それまでの一年間私は、経済的にあえいでおり、現実には日々悪化していく一方の状況からどうやって抜け出ようかと、それればかり考えていた。作家としての私の活動は、誰にも負けないほどの純粋芸術を志向していたために、金やモノなどもたらそうはずもなかった。同じことが科学者としての私の生活に関しても言えたが、それはかなりの部分、秘密裡にその活動を行っていたからという理由もある。そのことについては後で話そう。私はだいぶ若いころから翻訳家として生計を立てていた。年を重ねるうちにその仕事においては熟達を見せ、なにがしかの評判を得るようになった。近年はそれで安らかな生活を享受するようになったが、だからといって豊かになったというわけではない。そんなことは端からめざしていない。私は元来、質素な生活に慣れているのだ。だが、経済危機が出版業界を直撃し、以前の好景気のツケを払う羽目になった。好景気の時期には供給過多になり、本屋には国産の本が溢れた。ところが、消費者の財布の紐が固くなるや、本が最初に買い控えられることになった。当然のことながら出版社は、処分不可能な在庫を大量に抱え込むことになり、できることと言ったらせいぜいが活動の縮小くらい。縮小が過ぎて、私は今年暇になり、貯金を切り崩してやりくりし、将来への不安は募るばかり。この出来事がどれだけ私にとって絶好のものだったかがこれでおわかりいただけよう。

さらにもうひとつ驚くべきことがある。それは何かというと、四百年も前の財宝が、いまだにどれだけの価値を持っていたかということだ。実際それは膨大なものだったのだ。特にラテンアメリカの国々では、めまぐるしい速さで価値暴落が起こり、通貨のデノミネーションがあり、新たな経済政策が打ち出されて行くことを考えるならば、驚くばかりだ。だがこの話も詳しくはすまい。一方、富というのは常に説明しがたいものだ。その点にかけて貧困の比ではない。その瞬間から私は富を得た。それだけのことだ。翌日私は、反故にはできない（そしてまたその気もない）ある約束を果たすために、メリダに飛ばなければならなかったのだが、それさえなければ、パリかニューヨークにでも出向き、お大尽らしい生活を始めたかったところだ。

そんなわけで翌朝、懐暖かく、世界中の新聞から書き立てられてすっかり有名になった私は、ベネズエラ・アンデス地帯の美しい都市メリダへ向かう機上の人となった。そこでは〈文学会議〉が開催される予定であり、私はこれからその話をしようとしているのだ。

第二部　会議

1

これから話すことを理解していただくためには、たとえそのために文学的には不細工になったとしても、明瞭に語り、微に入り細を穿たなければならない。とはいってもそんなに細部にいちいちこだわるわけでもない。というのも、細かいことをひとつひとつ積みあげてばかりいたのでは、全体が見えづらくなることがあるからだ。それに、前にも言ったように、長さのことも気にして見ていないといけない。それというのも、一面では明瞭さが要求されているからだし（詩文が霧となって立ちこめ、ものが見えなくなったりすると、私はぎょっとしてしまう）、もう一面では、生まれつきの性質として、私は素材を順序立てて並べたがる人間だからだ。おそらく一番いいのは、始まりまで遡ることだろう。始まりといってもこの物語の始まりではない。そのさらに前、ひとつの物語を可能にするそもそもの始まりだ。そのためには次元を変え、これから報告する内容の論理を構成する〈お話〉から始めることは避けられまい。しかる後に「翻訳」も必要になろう。だが、それを完璧にやっていたのでは、この本にはせいぜいここまでと自らに言い聞かせたページ数を超えてしまうことになりかねない。だから「翻訳する」のは必要な箇所だけに留めよう。必要でない場所では〈お話〉の大筋を原語のままに残しておくつもりだ。いかにも、そのことによって本当らしさに影響が出ることに私は気づいてはいるけれども、とにもかくにもそれが好ましい解決策だと思うのだ。もうひとつついでに断っておかなければならないが、〈お話〉もまた、言説の別の次元では、ひとつ前の〈お話〉から論理を借りてくるものだ。同様のことは見方を変えれば物語にも言えるわけで、ひとつの物語は他の物語の内在的な論理となり、という具合に無限に連鎖するのだ。それから（そろそろ本題に入りたいのだが）、あれこれと例を挙げて図式的に説明してきたが、だいたい似たりよったりな例を挙げただけで、それらの間に意味の繋がりがあるわけではないこともお忘れなく。

さて、……昔々、アルゼンチンのあるところにひとりの科学者がいて、クローン化の実験を重ね、細胞を、器官を、四肢を作った。そしてとうとう、個体を意のままに無限にいくつも再生産することができる地点にまで到達していた。最初に昆虫で試し、そして徐々に高等な動物に移り、最後には人間でやってみた。何度やっても上手くいったのだが、いざ人間へと移行してみると、できたクローンは少しばかり性質の異なるものになるのだった。似ていないのだ。そうした変種ができてしまったことから生じる失望を乗り越えるために彼は、結局、似ていると感じるかどうかは主観の問題で、いつだって疑わしいものだ、と独り言を言った。間違いなく言えることは、彼の作ったクローンが本物だということだった。〈ひとりの人間〉を好きなだけ作って数を増やすことができるのだ。

　ことここにいたって、立ち往生してしまい、このままでは最終目的地まで行けそうにないことがわかった。最終目的地というのは、なにあろう、世界征服だ。この点にかけて彼はマンガの典型的な〈マッド・サイエンティスト〉だった。世界征服というのもこれ以上はないほど控えめに設定した計画だ。なにしろ彼ほどの人間だから、それ以下では役不足というものだ。しかし彼にわかったことは、このままのクローン軍団（といっても、それも今のところ仮想の存在に過ぎなかった。現実的な問題として、まだ数体作っただけなのだから）では役に立たないということだったのだ。

　ある意味で彼は、おのれの成功という罠にはまってしまったのだ。〈マッド・サイエンティスト〉がいつもたどる道だ。冒険と呼ぶにふさわしい企てに乗り出すと、間違ったことをしでかしてしまい、必ず打ちのめされるのだ。その前に科学の領域でどれだけ優れた業績を上げていてもお構いなしだ。彼にとって幸運なことは、彼が本当の狂人ではないということ、権力への渇望に盲目になってしまってはいないということだ。まだ僅かながら知性の輝きの残滓があり、絶妙のタイミングで実験の方向を変えることはできた。そんなことができたのも、実験を行うための物質的条件のおかげだった。それがなんとも心許ない条件で、アマチュアのやっつけ仕事、ボール紙とフラスコを工夫して、リサイクルの玩具と中古の中国製蒸留器を使っての実験なのだ。実験室は自分の古いアパートの小さな使用人部屋に設えられていた。死体置き場などないので、作ったクローン人間は地元の街路をほっつき歩かせていた。金がなかったせいで彼は幾度も幾度も挫折したものだけれども、そのことには良い面もあって、それは、目的を達成するには根本からやり方を変えるしかないということが明らかになった点だ。しかもその根本的な転換というのは、今ある金や施設を犠牲にする必要もない。そんなものは存在しないか、存在したとしてもなきに等しいのだから。

問題は、そしてその解決策は以下のようなものだった。たったひとつの細胞から人間が作れる、身も心もその細胞を提供した標本と同じ人間がだ。一体、いや、数多く、好きなだけいくらでも作れる。ここまではうまくいっていた。不都合は、お望みとあらば反語的と言っていいが、その子たちが必然的に彼の意のままになってしまうということだ。彼はこの子たちの言いなりにはならない。子供たちは彼に服従することができるが、彼は子供に服従などしない。そうしろと言われても彼には納得できないのだ。彼らは名声もなければ考えもない、オリジナリティもない存在なのだから。それで活動は行き詰まってしまった。彼が主導権を握っていたからだ。つまり彼は、多数のクローン軍団の最高司令官の立場になれたはいいが、ではどうすれば世界を征服するというその究極の目的を達成できるのかわからなかったのだ。宣戦布告するのか？　権力に襲撃をしかける？　勝ち目などまったくない。武器など持っていないし、どうやって手に入れればいいのかもわからないのだ。武器はクローン化して再生産することはできない。クローン化はあくまでも生きた有機素材を基にするものだ。生きているかいないかだけが、ことの成否を決する要素だ。そしてただ生きものの数を増やすというだけなら、武器にはならない。少なくともこの場合の条件、つまりクローン化による増加というならば。神経系がひとつ余分に自然発生的に作られるという奇跡が起きたとしても、端からその個体が命令を下す可能性を剝奪された存在なら、それとともにものを作り出す力が剝奪された存在なら、何にもならないのだ。

この点にかけて、〈マッド・サイエンティスト〉は紋切り型の〈マッド・サイエンティスト〉とはかけ離れていた。典型的な人物ならば、自己破壊的な執着心を発揮して、自らの知性があくまでも世界の中心なのだと躍起になって主張するものだからだ。我らが科学者が出した結論というのは、こういうものだった。これで試合場には来ることができたのだから、ここから先、自分にできることはせいぜい「前方への跳躍」くらいだろう。そのためにはただこの中心点から抜け出す方法を見出しさえすればいいのだ、自分の知性を他の知性に引き渡せば、権力をもっと大きな他の権力に……自分の意志が外部の重力系に包まれて徐々にしぼんでいけば、それでいいのだ。そこにこそ彼の比類なき(とは当の〈マッド・サイエンティスト〉の言葉だ)オリジナリティがあった。彼は「他の」考えの方が常に「あるひとつの」考えよりは有効だと認めていたのだ。それというのもひとえにそれがもうひとつのものであるという理由からだ。ひとつの考えを豊かにするのは拡張でも増殖(クローンだ)でもなく、もうひとつの頭脳への移動なのだ。

ではどうすればいいのか? 明らかな解決策はもっと優れた人物のクローンを作ることだった……しかし、優れた人物を選定するのはそんなに簡単なことではなかった。優れているかどうかというのは相対的な問題で、大幅に議論の余地のあるところだからだ。特にその人自身の立場から言うのは難しい、でもその立場だけがその人が立ちうる場所なのだ。けれども主観的な判断基準を採っていたのでは誤魔化しになることがある。そうではあっても、人はある種の主観的な判断基準しか採ることはできないのであるから、それならば、それを選ぶしかたは洗練されたものでなければならない。最初の方策として、統計学的意見を排除する必要があった。アンケートなど取れば圧倒的に一番になりそうなやつのことだ。わかりやすい権力ピラミッドの頂上にいるような連中、国家の首長とか大物、軍の大将……などを選びがちな意見だと言ってもいいだろう。そんなのではだめだ。そんなことは考えただけで彼は笑いが出た。本当の権力を持った人々が、そんな名前の挙がるのを聞いたときに見せることが想像される、あの笑いだ。それまでの人生の経験が彼に教えてきたところに従えば、どう言われようとも、本当の権力というものは、見た目の権力に対する蔑みの笑みを催させる権力というものは、別種の人々に存するのだからだ。その根幹にあって本当の権力者たちを決定する道具は高度な教養だ。哲学、歴史、文学、古典の数々だ。代わりに私にはポピュラー・カルチャーやハイテクノロジー、ずる賢く蓄財した豊富な財産がありますと自己申告したところで、そんなものは無価値なまがい物だ。実際、高度な教養が古臭くて時代遅れなふりをするのは、不注意な大衆をあらぬ方向に導くための完璧な計略だ。だから高度な教養は上流階級のほとんど排他的な特権でありつづけているのだ。しかし〈マッド・サイエンティスト〉はその階級の者をクローン化しようとも思わなかった。それというのもまさに、彼らが唯一にして決定的なその権力を行使することは確実で、次の世代、さらに次の世代と続いても確実なのだから、それでは自分にとっては無価値だと思われたからだ。それならば大犯罪人などに頼ってみてはどうだろうかと考えた。しかしそれはロマン主義的な思いつきだった。ニーチェ的な響きがあるからこそ魅力的に思えるだけであり、根本的には馬鹿げた話だ。

最終的に、最も単純で効果的なものを選んだ。有名人だ。誰もが知っていて、皆が認めるひとりの〈天才〉だ。天才のクローンを作るのだ！　それが決定的な一歩になるはずだった。そこから先は、この星を征服するまでに何の邪魔も入らないだろう（いろいろと理由はあるが、とりわけ、その半分の地域は既に踏破済みだからだった）。彼は来たるべき絶頂の瞬間を実感し、興奮した。この操作を行って後は、彼はもう計画を進める必要すらないだろう。期待もいらないかもしれない。これで万事は〈偉大なる人物〉の手に「投資され」、委ねられるからだ。何しろそれは優れた人物なのだから、仕事を一手に引き受けるだろう。一方で自分はいっさいの責任から解放される。ただひたすらにおべっかを使い、言葉の卑屈な機関銃となって褒めそやせばいい。おのれの無力など、貧しさなど、失敗など、何だというのだ。それもやがては勝利のための切り札になるではないか。

選定には細心の注意を払った。いや、あるいは選定する必要はなかったと言ってもいい。というのも、偶然、スコープの中に入ってきたというか、手の届くところに来たのが、議論の余地のない、望みうる限り完全無欠の天才だったのだ。その尊敬に値する度合いは、ほとんど最高に近い。彼は当然その人物に狙いを定めると、すぐさま作戦に着手した。

「手の届くところに」その有名人が来たと言ったが、それは一種の誇張だ。有名人を巡る私たちの文化にあっては、彼らはプライヴァシーという難攻不落の壁に囲まれ、私たちからは離れて暮らしており、誰もよじ登ることのできない見えない要塞の中で移動しているのだ。しかし、偶然のおかげで彼はその人物の存在に気づき、そしてまただいたい近い位置まで行くことができたのだった……そもそも至近距離に行くまでもない。必要としているのは身体の細胞ひとつだけだ。どこの細胞でもよかった。どの細胞も個人をまるごとクローン化するのに必要な情報を内包しているのだから。たまたま髪の毛を一本引き抜くとか、切った爪や剝けた皮膚を手にするといったことはできそうになかったので、一番信頼の置ける生き物を使うことにした。文章の句点のサイズくらいまで小さくしたスズメバチのクローンだ。生まれるときに狙いとなる天才の個人情報を注入しておき、昼間にこっそりとその任務を果たすように、ただし、確実な距離まで近づいてから遂行するように（スズメバチは自力で飛べる距離が短いのだ）と命じたのだった。彼は昆虫に絶対的な信頼を置いていた。というのも、それが本能という過ちようのない力、決して間違いを犯さない〈自然〉というものに支配された存在だと知っているからだ。そして実際、裏切られることはなかった。十分もして戻って来たそれの脚には細胞がついていたのだ……彼はそれをすぐさま携帯用顕微鏡のプレパラートに置くと、恍惚に浸った。自分の戦略がうまくいったことを確認したのだ。細胞はこの上なく美しいものだった。深く、言語に満ち、虹色、澄んだ青色に透明の反射がかかった色をしていた。これほどの細胞はこれまで見たことがなかった。ほとんど人間のものとは思われなかった。彼は持っていた携帯クローン製造器にそれを入れ、ホテルまでタクシーを呼び、郊外の一番高い山まで連れて行ってもらい、そこからさらに二時間ほど徒歩で山を登り、根雪の残る空気も薄くなってきた場所で、人目につかない地点に器具を置いた。山の上でこうして孵化させるということは、ものごとを詩的に進めるための手続きではない。これくらいの高度での気圧と気温の条件がこの過程には必要なのだ。人工的に再生産しようとすれば、彼のつつましやかな実験室にいる必要があったのだが、そこからは何千キロも離れていたので、細胞が長旅に耐えないのではないか、あるいは鮮度を失ってしまうのではないかと恐れたのだ。彼はそれを山の上に置き、山を下りた。あとは待つだけだった……。

ここで私は、最初の部分的翻訳をしなければならなくなった。〈マッド・サイエンティスト〉というのは、もちろん、私のことだ。〈天才〉が誰か明かしてしまえば、もっと問題が大きくなろうが、さりとて推論にまかせてくださくだと無駄をするのもよろしくない。言ってしまえば、カルロス・フエンテスだ。私がメリダ文学会議への出席を承諾したのも、彼が出席することを確認してからのことだった。私のクローンスズメバチがその細胞を奪うのに充分な距離にまで近づく必要があったからだ。それが私の科学作戦の射程距離内に彼が入る唯一のチャンスだった。そのお膳立てが整ったのだ。しかも飛行機代を払う必要もなかった。でなければ最近の状況を鑑みるに飛行機代などとても払えなかっただろう。いや、あるいは〈マクートの糸〉の出来事以前の状況と言うべきかもしれない。それまでの一年は最悪に貧しい日々だった。それというのも、重篤な経済危機が特に出版業界を見舞ったからだった。それにもかかわらず私の実験が中断されなかったのは、私の作業のレベルでは金など必要としなかったからなのだった。このたびの文学会議への招待は、私の秘密の目的にぴったりと合致するのみならず、一週間ばかりを熱帯地方で過ごすちょうどいい機会になった。休暇を過ごして疲れを取り、リフレッシュし、一年間絶えず悩み続けた頭に新鮮な風を入れることができそうだった。

ホテルに帰ると、それまでしばらく興奮の極みにあったのが、冷めてきた。作戦の第一段階、つまり一番の努力を要する段階がつつがなく終わった。カルロス・フエンテスの細胞は手に入れた。それをクローン製造器に入れ、その製造器を最適の環境下に置いて作動させている。このことに加えて前日〈マクートの糸〉の長年におよぶ謎を解いたことを考え合わせると、私はとりあえずは満足し、他のことを考え始めてもよかった。まだ数日は他のことにかまける時間はあった。生き物のクローンを作るのは一朝一夕にできることではない。あとはひとりでにできることはできるのだが、それなりに時間がかかるのだ。いかにもそのプロセスはめまぐるしく高速化してはいるが、それでも人間の時間で言う一週間ほどは必要としていた。何しろ生命の進化の全系統発生を小規模に再現しなければならないのだから。

私にできることは待つことだけだった。時間を潰すために別のことを考えなければならなかった。文学会議の退屈なセッションに出席する気はさらさらなかったので、水着を買い、翌日から朝も昼もプールで過ごすことにした。

2

プールでの目的はたったひとつに集約されていた。脳の活動過多を和らげることだ。裸の体を陽にさらし、ただあるがままにあること。心の中で黙禱すること。人生の曲がり角のひとつひとつで、私はこの目的につきまとわれてきた。一種の固定観念だ。ちょっとした警告の観念で、これがあらゆる他の観念の発動中に鳴り出し、そうでなくてもかなりうるさいのに、心理的な音量を上げていくのだ。活動過多は私の脳の通常のあり方になってしまっている。実のところ、ずっと前からそうだった。少なくとも思春期からそうだ。そして他の人たちの普通のあり方がゆっくりとして半ば空っぽだというのを知ったのは、読書と観察、学習、予測によってだった。それから一度、何かのおりにほんの一瞬だけ、そんな経験もした。東洋の心理操作の技法についての本を読み、女性雑誌によく載っているような「瞑想」についての馬鹿げた記事を読んだおかげで、もっと先があるということを知った。無の境地というやつだ。大脳皮質の電気活動が完全に、あるいはほぼ完全になくなること、停電、休止だ。そして何しろ私は野心を旨とするので、自分もその境地に至ってみようとし、処方箋に書いてあることを素直に信じて実践したのだが、時間の無駄だと観念するしかなかった。私には向いていなかったのだ。そんなことよりも前に私がやらなければならなかったのは、狂乱の頂点から降りてきて、私の思考から躍り出てきた野獣の手綱を握ってなだめてやり、並足で歩かせることだった。そこまでしてやっと、精神の平静を保った東洋人のこともありえる話に見えてくるのだ。

いったいなぜこんな風になったのかと自問したことがある。成長期に何があったせいで私の意識の流れはこんな途方もない速度になり、今の状態に落ち着いたというのか。そしてまた自問したことは(自問せずにはいられないではないか)、この速度は正確にはどんな尺度で測ればいいのかということだった。「脳の活動過多」といってもそれはおおよその話であって、そこにはきっと速度の大小があるに違いないからだ。

最初の疑問、つまり私の病歴については、うまくいったこともあればそうでないこともあったけれども、ちょっとした個人的な「起源神話」を作りだして応じてきた。私がこれまで書いた小説はどれも、その変奏だった。それを抽象的に図式化しようとしたら、きっと困っていたことだろう。なぜなら神話の変種のひとつひとつは、ある一般的な形式の個別の「例」ではないからだ。それは常に私の頭の中を稲妻のように走る個別の思想が、あるひとつの典型思想の事例とか範例などではないのと同じことだ。

観念の大軍団というその神話、俳優もいなければあらすじもないこの小さなドラマに形があるとすれば、弁の形をしている。あるいは、もう少し専門用語らしくない言い方をすれば、ボードレールが「価値の非転換性」と呼んだ形をしている。勝手に形になり、胚胎過程という道を再び通過するような恥ずかしい真似をしない、自らがやって来た場所に後戻りすることなど決してありえないのが私の思考なのだ。だから、次から次へと考えを展開するという以外に、私の性格にははっきりと目に見える特徴がある。私は間抜けだし、思慮に欠けるし、つまらないのだ。ひとつの考えというのは、発想の原点に返って考え直されなければ真剣なものとはなり得ないものだから。

私にあっては、何ごとも後戻りしない。何もかもが前へ進むのだ。そのときそれは、あの忌まわしい弁から新たに入ってくるものに激しく押されているという次第だ。こうした図式が、私の目まぐるしいまでの思考の過程で熟す地点まで来たとき、解決法が私にはっきりと見えた。それを私は、時間があってそうしたいと思うときには、頑張って実行に移すようにしている。その解決の道というのは、既に(他ならぬ私自身によって)踏み固められた、「前方への逃走」という道だった。後ろを振り返ることが禁じられているなら、前進せよ! 最後まで脇目もふらずに! 走って、飛んで、滑って、すべての可能性を使い果たせ、平静さなど戦闘の大音響で退治してしまえ、というわけだ。移動の手段は言語だ。他に何があろうか? 弁というやつが言語なのだから。そこに問題の根はあった。しかしだからといって、今プールで過ごしているこのときのように、時には因襲的なやり方でやり過ごすことがないわけではない。そんなときにはリラックスし、何もかも忘れるように努め、休みを取るのだ。

だが、幻想を抱くことはすまい。この過ごし方は私の似姿がやっているようなおもむきを持っている。しかるに脳の活動過多という愛着ある昔からの性格を、私は捨てる気はない。結局のところ、それが私の私らしさなのだから。どれだけ変わろうと意図してみたところで、根本は、本質は、そんなもので変わりはしない。欠点が目に見えるものであれば、例えば足が悪いとか、ニキビがあるとか、そういったものならば、いくらでも変えることはできただろうし、今ごろもう変えているだろう。しかしそんなものではないのだ。他の人たちは、外見が変わらないのに、私の精神の中で嵐が吹き荒れているのだということを見て取る手だてを持たない。ひょっとしたら、私が外からの刺激にあまりにも無感覚になっているときとか、あるいは何かに気を取られてはふと我に返ったりするときがあれば、気づくことはあるかもしれない。そしてまた、超人的な文芸評論家が、言語との関係からそれに気づくこともあるかもしれない。脳の活動過多は、私の内では(私の内と外を繋ぐ架け橋が言語だ)、修辞的もしくは疑似修辞的な仕組みを通じて姿を現す。しかもその仕組みというのは、実に独特の仕方でねじれる。例えば、隠喩だ。私の心の運動過多用顕微鏡の中ではすべてが隠喩だ。何もかもが他の何かの代わりなのだ……しかし全体からは無事で脱出できるわけではない。全体というものが隠喩を歪め、その構成要素を他の隠喩に換えてしまう圧力の体系をなしているからだ。そのようにして連続性を打ち立てる、そういう体系なのだ。

こうした状況から「前進する」ためには多大な学芸上の努力を要するが、もちろん私は、そうしたことから後ずさりしたことはない。しかしその努力を私は、私なりのしかたでしている。ここにもハイゼンベルクの原理が作用している。観測する行為が観測される対象を変化させるというやつだ。そして対象の速度を増す。私の内なるルーペを当ててみると、あるいはルーペの中に入れてみると、各々の思考の修辞的歪像はクローンの形をとる、すなわち、既に決定された何かと同じ形を取る。

　こう考えると、答えずに放置していた疑問への答えが思い出される。私の思考の速度をどうやって測るか、という疑問だ。私は自分の発明したあるやり方を試しているところなのだ。それは、すべての思考を貫くひとつの完璧に空虚な思考を放り出してみるというやり方だ。その空虚な思考は中味がないのだから、他の中味をかたどる、すぐに消えてしまうけれども、しっかりとそこにある輪郭を見ることを可能にする。この退行性小型クローン人間〈速度計〉君こそが、私の孤独な道行きの友だった。彼だけが私の秘密をすべて知っているのだった。

3

　私は隅から隅まで思考の固まりだが、それと同じ意味で隅から隅まで肉体そのものだ。特に矛盾はない。隅から隅まで何もかもというのは重なり合うものだ……。「何もかも」という概念はかなり手に負えない。それを扱うことができるのは活動中の主体だけであり、その主体がそれを明確に口にしたときからそれはひとつの真実に変じるのだ。作戦を中断して取った、郊外の豪華ホテルのプールでの、熱帯の太陽の下での休息の日々という限定された〈宇宙〉にあっては、それは真実だった。それが一週間のうちわずか数日のことであることは悲しかった。こんな風に受け身で安穏と過ごすことは喜ばしく、一生このまま、誰もが、何もかもがこのままであって欲しいと願わないわけにはいかなかった。私が何もかもという方向へ行くのは、当たり前のことだった。私の肉体はそれを受け入れていた。それでパンパンになっていた。それを発散していた。おあつらえ向きに、私はたまたま完璧な気候のところに来ていた。それにプールに行く者も少なかった。若者が何人かと、女の子と男の子、母親に連れられた子供、ひとり者、つまり私……などだ。誰ひとりいない朝も幾度かあった。監視員が物憂げに何往復も泳いでいた。椅子でうたた寝していた。あるいは、とても細かい虫網で、溺れて二つのコースの間に浮いていたハエを捕って暇つぶししていたこともあった。水はよく磨かれたガラスのようにきれいで、プールの中で新聞も読めそうなくらいだった。文学会議の主催スタッフたちは私に、あまり人がいないのは当然だと教えてくれた……それどころか、他にも客はいると私が告げると、信じられないと言った。彼らは叫んだのだ。こんな真冬にプールに泳ぎに行こうなんて考える人がどこにいるんですか？　確かに、冬だった。だが、これだけ赤道に近いので、私はそのことに気づかなかったのだ。私にとっては相変わらずの夏だった。隅から隅まで夏だった。それが人生のすべてだった。

　ひとつ興味深いことに気づいたので、この報告書に明記しておきたい。それというのは、そのころプールに集まっていた者たちというのが、お互いに知り合いでもないし、何ひとつ話し合って取り決めたりしたわけでもないのだが、人類の完璧な標本をなしていたということだ。つまり私たちは人間らしい見かけをしていたということだ。四肢も備えており、それぞれに対応する筋肉もあり、神経もそれぞれの位置に、しかも必要な分量だけあった。人間にあっては、肉体が完璧だということは決定的に珍しいことだ。ほんの少しでも欠陥があれば、もう完璧ではなくなるのだから。街に出て人々を見てみるがいい。やっと百人にひとりが合格するかどうかというところだ。他は怪物ばかりだ。ところが、日々プールに集まっていた者たち（私以外はいつも違う人々だった）は、全員がそのわずかな一パーセントに属していたのだから驚くではないか。ひょっとしてたまたまどこかに集う人々というのは、常にこうなのではないかと自問してみる。でもともかく、この人たちは水着を着て体を白日の下にさらしているのだから、私が見間違えるはずがない。その人たちを眺めていると目の保養になったし、心も安らいだ。欠陥を探そうとはしなかった。そんなものはないのだから。ある意味、ありようがないのだから。標準的な肉体のあり方からはずれると、怪物になる。怪物にもあらゆる種類がいて、中には見てわからない者までいる。足の指が一本、あるべき姿よりも少しだけ太かったり長かったりしただけで、その人はもう充分、一種の怪物だ。細胞一つ、細胞の中の情報の綴り字一つ足りないだけで……怪物たちは人間を水面に引き揚げるための網から、何らかの動機があって逃げ去る。非現実性の暗闇の中で、浮沈子(ふちんし)のように浮いている。このことについては私はよく知っているのだ。それが私の携わる科学の分野だからだ。

一方で完璧さというのはひとつひとつがまったくの別ものだ。完璧さというのはそれだけで完璧につくることとか、でなかったら差異を十全に実現することだ。だからこそ、完璧さを開拓するということとは、あるとき若い弟子が我々の人生を捧げなければならない任務として私に示してくれたものと協働するということだ。それは何かというと、個体を誕生せしめるということだ。

夢を見た私は麻痺してしまった。何時間もデッキチェアの上で強硬症(カタレプシー)に苛まれていた。肉体を完璧にする技術が実行可能なのは、永遠の夏の中でのみだ。あるいは永遠の一日、はたまた終わりなき人生……においてのみ。しかし、何しろ熱帯地方での季節なので、何しろ夏みたいな冬の日々なので、その永遠とかいうものは奇妙な心理の中にその輪郭を現すに違いなく、きっと誰からも見えないものになってしまう。

　クローンをつくるより、こっちのやり方の方が現実的ではないだろうか？　ひょっとしてそれを採用するのに邪魔でもあるというのだろうか？　〈マクートの糸〉のおかげで金持ちになっていた（といってもその考えにまだ馴染めずにいた。なにしろあまりにも最近のことなので）私は、この空の下にどっかりと腰をおろし、裸の体を陽にさらし、何ごとも気にかけずにいてもよかったのかもしれない。そうすれば鞍替えの必要もないだろう。文学、クローン作製……変形……私はあることを納得した。そしてそれは私が人生でできることすべての基本的前提だと思う。あらゆる変形はエネルギーをわずかなりとも使うことなしに実行される、ということだ。それが基本だ。努力が要求されるとすれば、最低限であるべきだ。変形においては、出発点と到着点は同じひとつの「変形したもの」というやつなのだから。エネルギーなど使おうものなら、余ってしまう。そうなると宇宙をあちらからこちらから膨張させてしまい、嵩ができ、そして私たちは怪物たちの住まう原野に逆戻りしてしまうだろう。

　しかしそうではないのだ。私がこうした幻想から目覚めたのは、手中にある仕事のことを思い出したからだ。私は最後に飛び込み、もう人がいなくなったプールでしばらく泳ぎ、プールサイドを歩いて、沈みゆく太陽と高地の優しい微風で体を乾かした。私のまわりは三百六十度、山だった。頂上は雪を冠していた。あの頂上の、なかなかたどり着けないある地点で、山脈の隠れた心臓たるクローン製造器が、その秘密の仕事をしているのだ。

　私の影が前方に延びていた。人間の影だが、同時に奇妙な、認識できない影。腕を体から離してみると、影の腕も同じことをした。片足を上げ、腰を曲げ、頭を回してみると、影も私を真似る。片手の指を広げればやはりそうするだろうか？　試してみた。あれこれと試して遊ぶのに夢中になってしまった……プールサイドの人々が横目で冷めた表情で見ていた……旅の恥は掻き捨てというのは、誰も自分を知らないと思えばこそだ。しかし私はそうはいかない。風に乗って人々の会話の断片が聞こえてきたとき、自分の話をしているのだと確認した。「あの作家……〈マクートの糸〉の……新聞に出ていた……」

恥の掻き捨てというのは、恥を掻くまでのことだ。笑いものになったからといって何だというのだ！　私は今、より高位の何ものにも動じない存在を作ろうとしているのだ。そしてそのことは誰も知らない。

4

休息と水泳の日々の連続を唯一断ち切ったのは、極めて個人的な儀式で、私はそれを水曜の夜にどうしてもやらねばならないと感じたのだった。その日の午後スズメバチが死んだのだ。

その二日前、カルロス・フエンテスの細胞を採ってきたそのハチを、私はブエノスアイレスから連れてくるのに使った籠に入れた。連れてくることを決心したときには、この子にとっては帰ることなき旅になるだろうとわかっていた。この種の昆虫は寿命がとても短い。実際この子は五日生きたのだから、長生きだったくらいだ。使命を果たしてもう必要としなくなったからには、私がこの手で破壊してもよかったのかもしれない。入れていた籠ともども、私の作戦の痕跡が残らないように処分してもよかった。この子を連れて来たというだけで危険な意味合いを帯びるので、私はずっとその存在を隠してきた。現実にはクローン素材の国境を越えての運搬に関する法律は存在しないのだが、薬物や遺伝子組み換え作物、細菌兵器などに対する入管の扱いの過敏さをみるにつけ、問題があるだろうと思われた。それでも連れてくるしかなかったので、危険を冒したのだ。幸い、まずいことにはならなかった。

このハチがいることはホテルにも知られたくなかった。私の科学者としての活動は秘密なのだ。説明しろと言われても立ち往生しただろう。ましてや私が高名なるメキシコ人作家についての実験をしているということが明るみに出たら、もうどうにもならない。そうなると明らかなのは、スズメバチをこれ以上必要としなくなったら、その瞬間に消してしまうことが賢明だということだ。消すのに一瞬のためらいも感じないに違いない。早晩寿命が尽きることになっているのだから。しかし、思ったよりもこの子に対する愛着が湧いてしまった。自然に、つまり寿命をまっとうして死んでくれた方がいいと考えるようになった。〈自然〉がその神聖不可侵な法則でもってハチと私とを隔てるままに死んでくれた方がいいと。

ホテルのメイドは信用ならなかった。がさつになんでも嗅ぎ回るからだ。それでもハチは部屋に置いたままにした。ポケットに入れて行く先にいちいち連れていってもよかっただろう。しかしメイド以上に信用ならないのが、私のうっかりした性格だった。私はいつも物をなくすし、どこにでも置き忘れてしまう。だから私がいつまでもいつまでもプールで過ごしている間、部屋に隠しておいたのだ。もちろん、鍵つきだとも。幸い、そのことを後悔するには及ばない。部屋に戻ると金庫から籠を引き出し、それを照明の載ったテーブルの上に置き、私はかたわらで寝そべって本を読んだり、眠ったりした。愛着以外にも感傷というか、孤独というか、そうしたものの基になる何かがあったに違いない。結局のところハチは私の仲間なのだ。わが家と研究所を思い出させる何ものかなのだ、アルゼンチンのほんの小さなきらめきなのだ。

私は「スズメバチ」とか「昆虫」などと言っているわけだが、これは単純化が過ぎて意味を歪める。こうした言葉を私はこの本で何度も使ってきたが、それもただ理解を助けるためなのだ。私の「スズメバチ」を産み出すために、いかにも、スズメバチのDNAを使った。その特性のいくつかを必要としていたからだ。しかし今回の任務に必要ないくつかの特徴のモデル（ここで私は特殊な専門用語に頼る）として利用したのだ。私はそれを遺伝子カタログから抽出した。トンボやミツバチなどよりスズメバチの方がいいと思ったのは、それの方が見ず知らずの遺伝子に対する執着が強いからだ。しかし、できた小動物はスズメバチには似ていなかった。まず何より、それはチリほどの大きさしかなかった。顕微鏡で見ると、むしろ金色のタツノオトシゴに似ていると言われそうだ。そこに蛾のような立派な羽が生え、頭からは犀の角と蟹のハサミを関節のところで引き抜いたものの中間のような突起物が出ている。それが細胞の採取器だ。こうした要素はどれも、そしてそれ以上のものも、動物学の範囲内のことだ。この子は原型だった。唯一の標本だった。他に同じもののない可愛らしい怪物だった。

既に言ったように、水曜の夕刻、プールから戻ると、それは死んでいた。一週間としないうちに命が燃え尽きたのだ。アルゼンチンで始まり、何千キロも北にあるベネズエラで終わった生だった。私はしばらくの間それを眺めていた。なぜだかはわからないが、悲しかった。その亡骸は本当に小さな句点だった。おまけに透けていて、琥珀色さながらに小屋の床に転がっていた。これから先誰も住むことのない籠。この子のために作ったこれのことを私は先に「籠」と呼んだのだが、これも単純化だ。それはセロファン紙でできた小屋で、指ぬきくらいの大きさだ。可愛くしようと、スイスの山小屋のような形にした。寝室はヤツメウナギの遺伝子を使って与圧している。家具の遺伝子などというものがあれば、きれいな家具一式を作ってあげたのだが。何しろ私は完璧主義者なのだ。

夜になると夕食に下りて行き、それからバーで時間を潰した。十一時までいた。習慣に反してコーヒーを飲んだ。ふだんはそんなことはけっしてしない。目が冴えてしまうからだ。眠れなくなるのが怖いのだ。しかしその晩は徹夜するつもりだった。ある行動計画があったのだ。いったん行動が始まってしまうと、いろいろなことが数珠繋ぎになって出てきて、やるべきことが増えることなどいやになるほど知っているのだが、そのため、コーヒーに付属するあるものが必要になった。スプーンだ。それをくすねたのだ。柄にピエロの細工がしてあるきれいな銀のスプーンだった。

しばらく後、同行の者たちには寝にいったと見せかけ、ホテルを出た。街中には人っ子ひとりいなかった。中心街とは逆の方向に向かった。勾配のある上り坂の通りを歩いて行くと、環状自動車道に突き当たる。その向こうが山の裾野の空き地になっている。そこを百メートルばかり奥に進んだ。車の音が聞こえなくなる地点だ。光といえば星影だけだが、星々は実に明るく、煌々として、近くに感じられ、おかげで遠くのものも近くのものも何もかもがはっきり見えた。石のごつい固まりが、深い谷の隅が、橋の下の川が見えた。

どんな場所でもよかった。今私のいる場所は他の場所と遜色なかった。だからポケットに手を突っこんで死んだ子を取り出した。その瞬間、足もとで、当初は石に見えた黒い固まりが動いているのがわかった。目をこらすと固まりはどれも動いていた。夢遊病患者のようにゆっくりと、規則正しく動いていた。クロコンドルだった。一日中山間を滑空していたあの黒い鷲だ。こんな風に地上で休む姿を見るのは初めてだったが、こうしてみると、背中の曲がった陰気な雌鳥みたいに見えた。どうやら私は彼らの山のねぐらに入り込んでしまったらしい。彼らがせかせかと歩いているのは、私がそこに入り込んで彼らを夢から引きずり出してしまったからに違いない。それとも彼らは本当に夢遊病者なのかも。スズメバチの埋葬にとってみれば理想的な参列者だと思った。作業に取りかかった。

スプーンで直径五センチ、深さ約二十センチの丸い穴を掘った。奥にほぼ球形の死体安置室を作り、そこにセロファン紙で作ったスイス風山小屋を置いて、永遠にそこに住まうことになる住人を入れた。コイン一枚で入口をふさぎ、垂直の穴を土で埋めると、親指で均（なら）した。三角形の石を地表に立て、墓石にした。

立ちあがり、最後にスズメバチに思いを馳せた。さようなら、友よ！　さようなら……！　もう二度と会うことはないが、私は君を忘れない……望んだとしても忘れることなどできそうになかった。代わりになるものなどいないのだから。憂鬱に興奮が混ざってきた。〈マッド・サイエンティスト〉（とは私のことだ、この物語の他の意味レヴェルで言えば）としてみれば、前代未聞の贅沢をしたのだと自慢しても良かったかもしれない。ある特定のたったひとつの目的のために、進化の過程をまるごと利用したのだから。しかも別の目的のための前段階としての目的だった。つまりほとんど新聞を買いに行く、というようなものだった……私にはカルロス・フエンテスの細胞を採取する者が必要で、そのために、ただそのためだけに、ひとつの存在を作りだし、その中に何百万年もの時の流れと、さらに何百万、何千万もの繊細な選択と適応、および進化……等々とを流し込んだのだ。たったひとつの仕事をするためだけの、その仕事が済めば用なしになるような存在に。使い捨ての生き物だ。まるである日の午後、ただ玄関に行って雨が降っていないか見るためだけに生み出され、その仕事が済んでしまえば存在を消されてしまう人間みたいなものだ。もちろん、クローン製造の過程では、自然が人間を作った気の遠くなるような時間は数日に短縮されるわけではある。だがそれでも、本質は変わらないのだ。

5

ここで、これまで述べてきたことをまた「翻訳」しなければならなくなったようだ。私の意図をはっきりさせておきたいのだ。〈私の一世一代の大仕事〉というのは秘密で、地下に潜ったものので、それこそ一世一代、人生を賭すものだ。どんな些細な機微も、見たところひどくつまらないようなものでも、内密にしなければならない。これまで私がどのように自分の意図を隠してきたかというと、何でも受け入れてくれる文学という隠れ蓑をまとっていたのだ。作家を名乗れば、取り立てて物騒だと思われることもない。

本筋を外れたことを言えば、作家という顔を正面に立てているおかげで、私は世俗的な満足を覚えてきたし、まずまずの生活手段も得てきた。しかしながら私の目標は、あまりに透明なために逆に私の秘密の中でも最も気づかれない秘密へと変じてしまったわけだが、それは典型的なアニメの〈マッド・サイエンティスト〉のものだ。私の支配権を全世界に及ぼすというものなのだから。

ここには比喩的なアリバイ工作があることも見逃すわけにはいかない。「支配権」、「世界」などは単語であり、それを含むフレーズは知的、哲学的、反語的……等々の解釈を許すものだ。私はその罠には陥るまいと思う。私の言う支配権というのは、あくまでも現実の範囲まで広がるものだし、「世界」も皆に共通の、客観的な……等々のもの以外ではない。そこに反語的な何かがあるとすれば、言語が我々の期待の地平を作りかえてしまったがために、本当の現実というのがどこよりも遠く、把握不能なものになってしまったということだ。

〈私の一世一代の大仕事〉の無限の前段は、まさに現実の扉を開くことにある。「扉」(この比喩は誰かを傷つけるものではない)のひとつについては、既に述べた。完璧さだ。だから私はプールに行ったのだ。私の脳についても述べたとおり、戦場だ。

一定の年齢を過ぎると、肉体の完璧さそのものが疑念にさらされる。客観的に評価することは難しい。人は自分自身の心づもりとしてはいつまでも若いし、他人はいつだって嘘をつくものだからだ。人は完璧を熱望するようになり、時にはその熱望に焼き尽くされてしまう。完璧であるためだったら何でもやるだろう。正直なところ、ダイエットだって何だって、運動でもあらゆるものを試すだろう。どんな努力でもひるまずにやってみる。しかし、その「何だって」というのがどこまでなのかは誰も知らない。それを調べる方策などない。十人に訊ねれば十の異なる答えが返ってくるだろう。そうこうしているうちに、どんなに混じりけのない熱望でも、やがてはすっかり台無しになる。人はそこで必要措置に出るはずだ……といってもそれが何であるか知ってさえいればの話。実際にはわからないのだ。

そんなわけで、完璧さは入口としなければならない。到達点ではない。奇跡的なことに、本当にそれは入口なのだ。人生とはそのように物惜しみしないものだ。いつどんな時でも寛大だ。

これまで述べてきたことがなぞなぞだったとしても、その答えを言う必要はないだろうし、欄外に逆さまに書く必要もないだろう。賢明な読者諸氏はもうお見通しだ。それは愛なのだ。愛、強力な偶然の一致、驚き、世界の花。

ここまで私が描いてきた人格は、だいたいにおいて公正で現実的な私自身のものではあるが、一面だけだった。ここまでのところを読めば私は、穏当な回顧録を書いている冷たく鋭い科学者と思われるだろう。情動すらも凍りついたインクで書いているかのようだ……この絵を完成させるには情熱という背景を描かなければならない。生き生きとして過度なあまり、他の要素を震えさせるような情熱を。

細かいことには立ち入るまい。くだくだと述べていたのでは非生産的だ。私は自分がどんな人間かよく知っている。文章を書くときに気取りが過ぎると、不条理なあまり結末の予測がつかなくなるようなお伽噺（とぎばなし）を書いてしまいかねない。だからただ基本的なことだけを言うことにしよう。いや、もっといいことをしよう。図式だけを描く。

もう何年も前、同じ街の同じプールで、私はある女性に出会い恋に落ちた。将来を約束することまではできず、あるいはその気もなく、私はブエノスアイレスに戻り、人生をやり直した。が、アメリーナの思い出はいつまでも私について回った。白状すると手紙のやり取りすらしていない。帰国する際に彼女の住所をメモするのを忘れたのだ。それを忘れたということは実に意義深いことだ。実際私は、自分にはアメリーナを愛する権利などないと感じていた。娘であってもおかしくない年齢だったのだ。文学部の学生で、どう言えばいいのかわからないほどに純真無垢だった。一方私はと言えば、妻子があり秘密の科学的作業にとりかかっており、そのためにねじ曲がったマキャヴェリズムを余儀なくされ……こんなふたりにどんな未来があり得るというのか？ かくして一件は過ぎ去り、しかし同時に過ぎ去ることがなかった。アメリーナへの愛は私の中にずっと巣くい続け、私の霊感源となってきたのだった。こうしてこの街に戻ってきた今、私は彼女について考える……しかしアメリーナは現れはしなかった。彼女は相変わらずこの街に住んでいる。そのことを私はたまたま知った。であれば私がここにいることを新聞で読んで知っているはずだ。それなのに近づいてこようとはしない。私を避けていた。そのことは了解したし、受け入れもした。それに、再会したところで、私は彼女を認識できるか定かではない。ずいぶん、それにしてもたっぷりと時間は流れた。ひょっとしたら結婚しているかもしれない……。

古い話だ。現実の彼女自身よりももっと古い。アメリーナを初めて見たとき、私は一目惚れした。彼女は有無をも言わさず人を巻き込む旋風だった……そう、旋風だ。何しろその風で私をずいぶん遠い時代まで連れ戻したのだから。私もまた人を愛することができた時代へ。当時私はもうひとかどの大人で、希望などというものはとっくの昔になくしてしまっており、自分が人生の折り返し点を過ぎた人間だと思っていた。失われた青春時代など何があっても取り戻せはしないだろうと。そしてもちろん、取り戻せたためしはなかった。ところがアメリーナを見た瞬間、奇跡的にも、その表情に、その声に、その目に、二十歳代の私が情熱をかけて愛した人物の面影を見たのだ。美しいフロレンシアだ。私は彼女を絶望的に（かなわぬ恋だった）、しかし青春時代の狂おしい思いの丈を込めて愛したし、その愛が途絶えたことはない。途絶えることなどありえなかったのだ。私たちは異なる道を歩み、彼女は結婚し、私も結婚したが、私たちは同じ町内に住んでいたのだ。だから時には彼女が大きくなった子供たちを連れて歩いているのを見かけることだってある……二十年が過ぎ、三十年経っても……彼女は太り、私が愛してやまなかった繊細で内気な彼女は、すっかり大人の女になり、いかにも中産階級の者の風格を漂わせ……きっともう孫もいるだろう。信じられない！　人生なんてあっという間だ！　心は昔のままだというのに。

若いころの輝きをそっくりそのままに、フロレンシアはやさしいアメリーナの中に生き返っていた。私は大陸を縦断してやっとこさ、彼女に出会ったというわけだ。ふたりは何から何まで瓜二つに感じられた。微笑んだときにできるちょっとした目立たない皺、あるいは寝ているときにできるそれさえも同じだった。違う二人の人間がここまで同じだとは、そう不思議に思った私は、そこにこそ私の仕事の動機づけがあるのだと気づいた。アメリーナとの出会いの後の数年で、〈私の一世一代の大仕事〉は飛躍を遂げ、決定的に方向を定め、将来の見通しが立った。彼女は私の女神（ムーサ）だったのだ。

閑話休題。木曜の午後、プールサイドのデッキチェアでうとうとしていたとき、突然何かに急（せ）かされて頭を上げ、周囲を見回した。一瞬、特に変わったことは起きていないと思った。その時プールにいた客たちも騒いではいなかった。会話を交わしている者もいたし、子供たちはプールの中で遊んでいた。空にはいつものクロコンドルが飛んでいた。しかしながら、変わったところのないその日常の中にも、何かが起ころうとしていた。私はそれを感じ取ることができた……私は自分が憑依（ひょうい）され、予言者のようになっているとの自覚を得た。これから起ころうとしていることは既に起こりつつあるのだった。私は椅子から飛びあがった。身軽であると同時に重々しい動作で、流動的な金属の彫像のように突っ立った姿勢になった。それから日光浴台の縁まで行った。プールの向こう側、ちょうど私の正面に、脈打つ彫像が立っていた。このときほど自分が丸裸にされたと感じたことはない。アメリーナだった。実際よりも大きい（それとも小さい？）彼女は昼間の暗がりから引き出したとも言えそうな柔らかい色につつまれていた。彼女も私を見つめている。私は幻覚だと理解した。というのも、何年も前と変わらぬ姿だったからだ。私を見出し、恋のアヴァンチュールのもたらす驚きを知ったあの頃のままだ。そしてそれなのに彼女は本当にそこにいるのだ。まるで本物みたいだ。目の前の出来事には常に本物みたいなところがある。それは避けられないことだ。しかし、それにしては彼女の肌の色つやはあまりにも説明しがたい。それに彼女の体のラインを浮き立たせている光も、周囲の光からは浮き立って見えるのは不思議だ。気づいてびっくりしたのだが、それはきっと、彼女の体が地面に影を落としていないからに違いない。心の中で素早く色々なことを思い巡らせてみて、すぐさま自分にも影がないことに気づいた。それに顔を上げて確かめてみたのだが、空からは太陽がなくなっていた。午後四時の真っ青な空には雲ひとつないというのに……太陽がなかった。消えてしまっていたのだ。

　私はもう一度アメリーナを見た。私たちの間にあるプールの水面からは記念碑のような形のものが、絶えずその姿を変えながらせり上がってきた。これもまた〈マクートの糸〉なのだと思いついた。夢の糸、私の心の中にある糸……。

ふと気づくと、アメリーナはいなくなっていた。水の形もおとなしくなり、ただ水面が波打つばかりになっていたし、太陽も空の真ん中で輝きを取り戻していた。私の影も再び目の前に延びている……私の影がアンデス山脈のすべてのプールに延びている。

山々に目を向けないわけにはいかなかった。クローン製造器を置いてきたあたりだ。その動作をしたおかげで、私は我に返ることができた。あの場所で起こっていたことは、少なくとも、夢ではないということが確信された。私の思考のおかしな道筋がどこへ向かおうが、クローン製造のプロセスは、私からは独立して、続いていたのだ。そして無関係とはいえ、やがて私はその過程を引き受けることになるのだった。しかしそれは一種のエピローグだ。〈私の一世一代の大仕事〉というのは、まさに、その過程に自分で割って入ることを自制することにこそあった。絶対的な客観性という並行関係を保つことにあるのだった。

6

別のレベルでももうひとつ偶然の一致がある。思考の速度と思考それ自体の一致だ。これが何を意味するかというと、個人を生産するという〈私の一世一代の大仕事〉は、とりもなおさず、私が私自身を一生かけて作り上げていく仕事も同じ一定のその速度で行われるということだ。ある意味では、速度が〈私の一世一代の大仕事〉なのだ。過程においては両者は混同もされる。であるから〈私の一世一代の大仕事〉、私の秘密の仕事は、極めて個人的で妥協を許さないものだ。私以外の誰も実現しようのないものだ。というのも、この仕事は数多くの心理的かつ物理的瞬間から成り立っているのだが、その過程を確実にするのはこの私の速度だからだ。時間の中で私が自分自身を展開する速度だ。自分のために個人を作るという私の仕事のおかげで、私は愛すると同時に愛される存在になるのだ。

以上のことを思いついたのは、何もしない間にもずいぶんと多くのことが起こっているものだと考え、驚いたときのことだった。私はペンを走らせながらそのことに気づいた。小さな出来事が何千となくあって、そのひとつひとつ、どれもが意味を担っていた。私はそれらの出来事を選り分けなければならなかった。でなければいつまで経っても終わらないからだ。しかし、じっとしていつも同じことを繰り返すだけの生活でよりも、旅行中の方が多くのことが起きるというのはよくある話だ。現実に物事がより多く生起するというのがひとつの理由だ。人は旅行となると動き、何か出来事を探しに出かけるものだ。でもそれだけではない。通常の生活の外に出ることによって、私たちの知覚が目覚めるからでもある。私たちはより多くを見、聞き、そして場合によっては夢見さえする。私のように出不精で、いつも同じことを繰り返すだけの生活を送る人間にしてみれば、ひとたび旅行に出ると、そこはもう深くて大きな溝の向こうというほどに違う世界であることがある。客観的にこれと比肩しうるものを挙げるならば、脳の活動過多だ。

山でクローン生成の過程が実現するのを待っている間の物語を語るべく、私は事実を取捨選択しているのだが、少しばかり偶然に任せての選択だ。何あろう、翻訳の可能性に気を配ってのことだ。私が招かれた〈文学会議〉が開催中でもあるということを言っておく必要があるものの、そこからはだいぶ距離を取っていたので、講演やらパネルディスカッションやらで取り上げられたテーマのうちのひとつとして言及できそうにない。それでもそのうちの一瞬間だけは私の参加を促すものがあって、参加といっても、幸いなことに受動的で間接的なものではあったのだけれども、とにもかくにも流れについていかないわけにはいかなかったのだ。それは本筋から離れた行事だった。自由参加で、通常のセッションの枠外で行われたものだ。ロス・アンデス大学人文学部の学生劇団が私の劇を上演するというものだ。どうやら以前にも私の他の作品を上演したことはあったようだが、今回は『アダムとイヴの宮廷で』という題のものが選定された。私としてはそれが一番いいとも思わなかったけれども、何ヶ月か前に送られてきたプログラムにその名を見たときには異議も唱えなかった。着いてすぐ、ゲネプロを見に来るように言われた。衣裳を確認してもらいたいし、舞台装置もどんなものか見てもらいたい、俳優たちにも紹介したい……と。私は丁重にお断りした。ただの一観客でいたいと言ったのだ。こう応じてしまったおかげで見る約束をしたことになった。見ようが見まいがどちらでも良かったし、私の都合を言えば、本当は遠慮したかったのではあるが、結局は見ることになったという次第だ。俳優たちを前に作品を書くにいたった意図などを話してくれまいかとも頼まれたけれども、こちらはもう少し強い理由づけをして断った。第一に、自分自身を説明するなど適切とは思われない。その他の理由は、書いてからだいぶ時間が経っているし、忘れてもいるということに関係するものだ。それでこのように取り決めたのだ。彼らはおそらくがっかりしたのだろうが、傷つけられたと思っているわけではなさそうだった。

それでも、ある一点に関してだけは、私も少しばかり介入することになった。劇は一般客に対してでは完成したばかりの大学講堂で上演されることになっていたが、〈会議〉の招待作家だけに向けたプレヴューも予定されていた。しかもプレヴューは講堂以外の場所で行われる可能性があり、気候がいいこともあって野外でやってはどうかという案すらも挙がっていた。それについて意見を求められたので、何か言うならこのときだろうと思った。私のことだから思いがけず突拍子もないことを言い出すだろうと期待されていたので、空港はどうだと言ってみた。メリダという街は小さな盆地全体を占めており、空港はその真ん真ん中にある。それはいい意見だということになり、許可が取られ、準備が進められた。

その劇は私のダーウィン的時代に書かれたものだったが、後のクローン製造の仕事を予告するものだ。私がこれまで書いたものの中では例外的だった。というのも私は、昨今「間テクスト性」などと呼ばれているものに対して嫌悪を感じるからだ。私は自分の小説や劇の題材を文学作品から取ることはない。何もかもをはじめから作り出すことを自らに課しているのだ。どうしても既に存在する何ものかを作り直さなければならないとすれば、現実に手を加えたいと思う。しかるにその例外的作品において私は、それをやってしまっているという次第だ。「創世記」は特別な事例だというのが理由だ。起源という意味のそのタイトルがなかったとしても特別だ。現実を作り出す、あるいは変質させるということが文学が生み出す大きな仕組みの一部なのだとすれば、「創世記」はそのマスタープランと考えることができる。少なくとも我々西洋人にとっては。

現実には、この小品が科学の分野における後の私の仕事を予告していると言ったところで、言い足りない。アダムとイヴを登場させるというそのアイディア、人間（種族）の歴史を遡行してたったひとつのカップルに語らせようという思いつきは、それ自体ではただ遺伝学に口実を与えるだけだ。私ならば、その分野における創造力が到達する一番端っこだとでも言いたいところだ。遺伝学からは多様性は生まれる。しかし、その多様性が人々の上に展開しなければ、多様性はそれ自身へと戻っていく。その一般的な特徴の上にとぐろを巻いていく。そしてそこから想像力が生まれるのだ。

そういえば一度、もう何年も前、これが初演されたとき、ある批評家が「美しい愛の物語」だと位置づけた。そう言われて振り返り、私はその作品の中に愛について語ることの困難の鍵を見出した。愛は視点の錯綜した翻訳を通じてしか語れないのだ。アダムとイヴが、現実という消耗的な迷宮の中でお互いを探す必要もない世界に一緒にいることは、それだけでひとつの愛の理論だ。アダムからイヴができたというのは、例のあばら骨の寓話の様相をまとっているが、クローン化以外の何ものでもない。ただしその二人の人物がひとつの舞台に上ると、クローン化のことが見えなくなるのだ。しかも決定的に。寓話が前景にせり出してきて、クローン化のことが近づくことのできない過去、想像力か虚構でなければ把捉できない過去へと退くのだ。私は思うに、この神話は過去を何か精神的なものにしてしまっている。こんなものが間に割って入ってこなければ、たぶん、今日私たちは過去を単なるひとつの現実として、知覚の対象として扱っていたことだろう。

現今では、セックスだけが再生産の手段となっている。セックスと、それからごたごたとした恋の駆け引きだけが。アダムとイヴの舞台はクローン化から非常に近いところにある。二人はそれと知らずしてその主人公になっていた。その近さゆえに、彼らの夫婦としての熱情が愛の物語に毒されてしまったのだ。性を扱うことを自らに禁じると、私はその分、彼らに近づく際に怪物に近寄っていくときのような震えを感じるようになったのだった。

その作品を書いた時代のことをだんだん事細かに思い出してきた。私がそれを意図的に忘却のヴェールに包んできたのも頷ける。というのもそれが私の人生の暗黒時代だったからだ。たぶん最悪な、もっとも混濁した時期だ。結婚生活がかなり厳しい試練にさらされていて、いつも離婚のことばかり考えていた。それが唯一の解決の糸口だと思うと同時に、考えるだに耐えがたい恐れを感じてもいた。酒量が度を超すようになったが、私は酒をあまり多くは受けつけない体質のようで、ほとんどグロテスクと言っていい症候を呈するようになった。最悪なのは左脚が縮んだことだ。まるで右脚より二十センチメートルばかりも短くなったような動きを見せるようになった。私の両脚は、私の知る限り、ぴったり同じ長さなのだが、ともかく何ヶ月もの間、人目を惹くほどに片脚を引きずって歩くことになったのだった。そんなこんなが重なり合って、私はドラッグをやるようになった（これまで生きてきた中でただ一度きりのことだ）。プロクシディンの中毒になり、このまま悪用を続けていれば、早晩、服用過多で死んでしまうだろうというところまで行ったが、かろうじて抜け出ることができたのだった。

私が立ち直ったのは、一部は、劇を書いたおかげだ。あるいは、いずれにしろ、劇が私の回復を証言してくれている。私が既に存在する神話に題材を取ったことも立ち直ったからだと考えれば説明がつく。そんなことはしたくないと言いながらも文学的題材に頼るという自身の体たらくの説明としては、大袈裟に思われるかもしれないが、でもそんなものなのだ。大山鳴動して鼠一匹というやつだ。根本的には、アダムとイヴの結婚は絶対的近似性の神話だ。クローン化の後に来る、クローン化によって可能になる性生活だ。プロクシディンが私の細胞に日に日に五度も産み出していたのは、まさにそれだった。けれども私はそれを文学へと引き戻し、自身の治癒を完遂したのだった。

記憶が私に追いついてきて、「まだあるよ」と言いたげな仕草を見せるものだから、もうひとつの派生的なエピソードを思い出した。当時、ほんの束の間見た一種の幻覚だ。薬物が私の知覚に多くの変調をもたらしていたので、それらに埋もれていた私が、あまり注意を払わなかった幻覚だ。目を閉じるたびに二人の男が、フェンシングの選手のように互いに相手に襲いかかっているのが見えたのだ。ただし二人の手には武器はなかった。その情景にはあまり深みがなくて、まるでアニメーションみたいだったけれども、その暴力には恐ろしく迫力があった。

すぐさま目を開けると、その光景は消えた。目の中の小さな男たちは、憎しみから互いに襲いかかっていたのだが、その憎しみが私を恐怖で包んだ。恐怖に耐えきれず、私は目をぱっちりと開けて二人を消していた。だからその光景は、私の中ではいつも、武器を持たずに突き合おうとする図で終わっていた。だがそのまま見続けていたらどうなったのだろう？　それを確かめることはしなかった。いつかその続きを見ることもあるだろう。

約束の時間は土曜日の夕方だった。プールでの活動を少し、本当にわずかばかり早く切り上げ、タクシーでホテルに戻り、シャワーを浴び、少しウトウトとした。バスが出るとの知らせを電話で受け、下りた。仲間たちは、男も女も、オペラに行くような盛装だった。〈会議〉の組織委員としてヴォランティアで働いている女学生たちはきらびやかな一張羅を下ろし、厚く化粧をしたその浅黒い顔の上には、高く盛り上げて作り込んだ髪、それを絹のリボンで結んでいる。待機中のバスは二台で、その後ろにタクシーとリムジンが長蛇の列を作っていた。いつものことだが、遅れていた。私は一台目のバスに乗りこんだ。待ちわびてクラクションを鳴らしていた運転手は、すぐさま発車させた。時間を無駄にしないために、バスは高架で街を取り囲んでいる高速道路に乗った。私は道々、窓越しに山々の風景を眺め、考えに耽っていた。計算間違いでなければ、その日の晩に私のクローン製造器はその仕事に終止符を打ち、〈天才〉が卵の殻を突き破って生まれてくるはずだった。今ごろはもう創造の外皮はパンパンにふくれ上がっているはずだ。夜明け時には山の頂上からカルロス・フエンテスのクローン完成版が下りてくるはずだった。そしてそのとき〈私の一世一代の大仕事〉の最終局面が始まるはずだった。

　空港では上演の準備は整っていて、招待客の最後のひとりが到着するとすぐに始まった。私には一列目の席が用意されていたけれども、立ったままそっと隠れて鑑賞したいと申し出た。つまりは「舞台装置の間で」と言ってもいいのだが、実際には植物に紛れての鑑賞だ。というのも、上演は待合室やカウンターと搭乗口前のガラス張りのバーの間にある庭園で行われたからだ。いささかの野趣を残した素晴らしい庭園だった。これくらい赤道に近い場所では植物を管理するのは難しいのだ。炎のような花を咲かせた灌木が椰子の木の足もとを覆っている。ウチワサボテンが気紛れに庇（ひさし）になってくれる。羽毛の形のシダは屏風のように広がっている。さらにはいたるところに黄色やすみれ色、空色の巨大なランが吊り下げられている。巨大な葉のある植物もあって、その葉の一枚だけでも私の身を隠すことができた。私は詰め掛けた人々の様子を密かにうかがって楽しんでいた。誰もが私の実験から出来上がってきた自動人形なのだという思いを再び抱いていた。私は一種の分裂に苛まれていた。こう考えていた。「彼らが現実の人間ならば、ここにいるはずなどないじゃないか」と。私のもう一部は彼らが現実の人間であることを知っていた。まるで現実が時間を変え、異なる時間に飛び出したかのようだ……何年も前、まさにこの場所で私は、アメリーナに最後に会ったのだった。涙に濡れ、将来を語りながら最後の言い訳をしあったのだった。この場所はあの時の思い出が染みこんで潤んだままになっている。まるで客観的なエクスタシーだ。ふと気づくと私の視線は彼女を捜していた。捜したところで見つかりはしないだろうに。現在という時間の壁を視線で突き抜けることなどできるわけがないのだ。空港の複合建築の巨大な壁面はどれもガラス張りで、そこに青々とした庭園が反射している。反射された庭園は透明で、その幻の迷宮の合間を縫って飛行機の大きな白い形が行き来している。

時刻もなにがしか関係していたかもしれない。太陽はすでに山々の向こうに沈んでいて、高くて近いその山々の稜線をぼかしていた。空から消えた太陽の金色が、空気の中に濃密に溶け込んでいた。

最初の長台詞が始まったときには、何もなしに思い出そうとするときよりははっきりとその台詞を思い出したのだけれども、奇妙な感覚をさらに強くした。私の目は最前列に座るカルロス・フエンテスに釘付けになっていた。作品に熱中して、じっと舞台を見つめ、その世界にすっかり入り込んでいるように見えた。隣には妻のシルビアがいて、お伽噺の妖精のように美しい彼女は、リラックスし、唇に楽しんでいるような微笑みをたたえていた。私にも著者の虚栄心というものがあって、その瞬間もそれがすっかりなくなることはなかったのだが、そうしたものから、彼らが私の小品をどう思っているだろうかと自問してみた。お眼鏡にかなわないなどと言われるのではと恐れを抱いた。けれども、それは避けがたいことだと独り言を言った。それにこの期に及んではたいした問題ではない、とも。

笑い声がして私はびっくりした。観客が劇に反応するものだということを忘れていたのだ。急いで庭の真ん中を動き回っている俳優たちに注意を戻した。イヴがカウチに横になっている。スルタンのような赤くてゆったりとした服に身を包み、腕にはゴムのミッキー・マウスを抱えている。何かをうずうずしながら待っているようだ。道化師が二人、彼女の足もとでそれぞれのハープを奏でている。使用人が登場し、告げる。

「奥様、アダムさんは今、おいでになれないそうです。ご多忙とのこと」。これはいったい何だ？　私には認識できない。あまりにもダダイスト風だ。けれどもこんなことを書いたのは私なのだ。イヴは自ら彼の実験室に出向いて会いに行く。アダムはお茶に誘われ同意するが、〈望外鏡（エクソスコピオ）〉を手放そうとはしない。彼はそれを担いでいたのだが、巨大な装置なので、やっとのことで運んでいた。少しずつ記憶が戻ってくる。確かに、私がこれを書いたのだ。それだけではない。彼らは句読点ひとつないがしろにすることなく、忠実にテクストを再現していた。本当に私が書いたのだろうかと疑おうとも、私がいつも扱うテーマ、私が使う小手先の技術などがそこに紛れもなく見てとれる。台詞も事実に変更ひとつ加えずにできているし、お茶を飲もうというやりとりも、あの遠い夏の日の午後、妻と飲んだときのものそのままだった。それにしても、なんであんな大きなカップで飲んでいるのだろう？　二十リットルもある。ことここにいたって思い出さなければならなかったのは（そして事実、思い出したのだが）、これを書いたときに生起した思考過程だった。この場合、思い出すというのは再構築するというのに等しいのだが。ティー・カップが二十リットルもあるということは、世界が始まったころにはものの大きさがまだ適切なものではなかったということを言いたくてのことだった。適切な大きさになるには長い進化の過程を経なければならないのだ。台詞がカリブ地方の訛りで話されると奇妙に響いてはいた。とりわけそこに知性が脈打ち始めてからは奇妙に聞こえたけれども、それでも原作に忠実なことは認めないわけにはいかなかった。

ただ一箇所だけ製作者たちが改変しているところがあった。アダムが黒人なのだ。ただし、改変というほどではない。単に役者が黒人だったということだし、おそらく彼が劇団で最良の俳優だったのだろう。人種差別はするまいぞ！　ベネズエラにはだいぶ多く黒人がいる。アンデス地域だと数は少なくなるし、大学内ではもっと少なくなるけれども。だが、数は少なくとも優秀な人たちだ。だからそのうちのひとりに主役が回ったとしても驚くには当たらない。きっと彼らの間でも普通のメンバーとして、他の仲間と同等に扱われているのだろう。実際、私だけが彼が黒人だと気づいているのだった。

アダムが劇の間ずっと担いでいる〈望外鏡〉に関して言えば、最も単純で想像力を欠く手段に訴えてはいたものの、よくできていた。この装置が軸となって劇の話が展開するしかけになっている。ト書きではただその大きさ（だいたい二メートル×一・五メートル×一メートル）を示し、科学的かつ光学的装置に見えるように、との指示だけを書いていた。この舞台で小道具係が把握して思いついたことは、これが「独身者の機械」であるというものだ。たぶんいささかよく理解しすぎだった。というのも、〈望外鏡〉は少しばかり過度にデュシャンの〈大ガラス〉に似ていたからだ。

出来事がひとつひとつ生起して筋が展開する。物語のプロットは主役二人の関係そのものの真ん真ん中に巣くっている不思議な不可能性に基づいている。恋愛は現実のものだが、それなのに不可能なものだ。アダムの実験もイヴの宮廷人すなわち高級娼婦らしい軽薄さも逃避だ。二人の恋愛は形而上学的もしくは超自然的とも思われるほど不可能なものだ。そして現実にはそれはとても単純で、散文的なほどのことなのだ。アダムは既婚者だ。

白状しなければならないが、私はこの筋立ての提起する困難な問題を解決するすべを知らなかった。というのも、アダムとイヴはそれぞれ地球上で唯一の男と女であるわけだが、であるならば、劇には出て来ないがアダムには妻がいて、そのためにイヴと一緒に生活することができないとされるその妻とは、他ならぬイヴでなければならない。そこで思いついたことは（いかにも私らしく、文学から私が採り入れて作った思いつきではないかと思うほどだ）、エッシャーの絵の人物に比肩するような何かを作り出すというものだった。写実的であると同時に不可能な、エッシャーの『ベルヴェデーレ（物見の塔）』のような人物だ。つまり、絵として見る限り存在が可能だと思われるのだが、視覚操作による幻覚なので、実際に作り出そうとすると不可能になる、そんな存在だ。文章でそれを作り出すことはできるだろうが、極度のひらめきと集中を要する。慌てて、早く終わらせようと急ぎすぎ、客に取り入ろうとして失望を招く結果に終わっているのが私の常だ。この劇ではかろうじてもたせることができているが、それも曖昧な表現と冗談のような受け答えを繰り返すことによってだった。しかもほんのわずかな時間だけだ。というのも、やがて色々なことが出来（しゅったい）するからだ。

お茶についての歯ぎしりするような台詞のやり取りが終わり、出来事が終結に向けて一気に加速しようとするその時、自分がとんでもなくいい加減な仕事をしてしまったという事実が、精神的な原子爆弾のごとく自身の上に落ちてきたのだった。私はまたしても諦めて馬鹿なことをしてしまっていたのだ！　でっち上げのためのでっち上げなどというつまらないことをしていた。思いがけないことを機械仕掛けの神（デウス・エクス・マキナ）として利用してしまっていた。私の文学倫理の扉を飾る英智に富んだ古い助言は「単純化するのだ、いいか、単純化だぞ」というものなのに、またしても無駄なことをしてしまった！　私がこれまでに書いたなかで良かったものなど少ししかないが、その少しは、たまたまその助言に従うことができたからこそ書けたものだった。ミニマリズムのなかでだけ、私が芸術の精華と考える非対称性が得られるのだ。寄せ集めの作業においては、ただ重苦しく通俗、奇をてらった対称性が形づくられるだけだ。

しかし私にあってどうしようもないのが、ついつい物事やエピソード、登場人物、段落を加えたり、分岐させたり、派生させたりしてしまうこの偏執なのだ。きっと不安に感じてしまうのだろう。基本的なものだけでは不充分ではないかと恐れるのだ。それで装飾に装飾を重ね、まるでシュルレアリスム風ロココ作品になってしまい、それが誰よりも私自身を苛立たせるのだ。

かつて自分が書いたものの欠点が形になっていくのを見るのは、悪夢のようなものだった（悪夢の中で見る悪夢だ）。私にとっては耐えがたい罰だが、そこには詩的公正さのような趣があった。というのも、その地点から劇が従うことになった論理というのは悪夢の論理だったからだ。可哀想なアダムの脳は彼に反抗し、精神に異常をきたしていく過程でイヴを殺してしまう……ドラマは戦慄を催すような細部で飾られていた。彼は彼女の首を切り取るのだ。そしてそれを幾度か禍々しくお手玉すると、長い金髪を二つの髪束に分け、それを足もとに横たわった死体の腰に結わえ付ける。結んだ髪束が尻に垂れ下がり、頭は腰の前で性器隠しのようになっている。そうしておいて彼は逃げるのだが、そのときも〈望外鏡〉を担いでいる。バビロニアの警察が捜索に乗り出し、刑事がコメントする。これは連続殺人だな。犯罪のパターンは同じだ。これは七つ目の殺人だが、どの被害者も長い金髪だ。それで頭を腰に巻きつけるのだ……しかしアダムは、定義として、最初にして唯一の男なのだ！　であれば彼は容疑者のひとりではなく、犯人でなければならないはずだ。それだけではない。イヴは唯一の女なのだから、連続殺人の被害者のひとりのはずがないだろう？　連続殺人は進化の末に生まれた遅れてきた果実なのだ。私自身、何が何だかさっぱりわからなかった。

続けて、アダムが隠れていた洞窟に、イヴの幽霊が独身者の機械のガラスに埋め込まれた姿で現れた。外国権力のスパイたちが、この状況を利用して〈望外鏡〉を盗むのだが、そのなかでイヴが生き続けていることを知らない……グロテスクでショッキングだった。私は自らを恥じた。

7

信じられないことにそのクズ作品は観客の心を捉えた。終わると夜だった。上演のクライマックスのころ、まだかろうじて残った夕陽に包まれ、飛行便が着陸した。メリダには毎日二便、飛行機が到着する。パイロットがこの小さな盆地の都市を囲む山の頂を避けながら飛ぶには操縦の手腕を要するので、その二便の飛行機は明るいうちに着陸する必要があるのだ。エンジン音でいくつかの台詞は聞き取れなかったし、しばらくして搭乗客がバッグやスーツケースを手に一列に並んで舞台を横切っていったけれども、劇は中断されなかった。上演後、空港長主催で開かれたレセプションで一番話題に上ったのはそのことだった。パーティは賑々しい雰囲気に包まれていて、ほとんど歓喜の渦にあったと言ってもいい。誰もが楽しそうに見えたが、私だけは別だった。私は酒を飲んでこの鬱々とした気分から抜けだそうという考えに身を委ねていた。十年前に薬物依存から立ち直ってからというもの、私は一滴のアルコールも飲んでいなかった。少なくともチャンポンでは飲まないよう控えていた。けれどもラム酒には騙される。口当たりが良く鎮静作用もあるので、いつまでも何も起きないと思って飲んでいると、何かが突然起きるのだ。そのとき人は、実はその何かが最初から起こりつつあったのだと、酒を飲むずっと前からあったのだと気づく羽目になる。サロンは音響に難があった。皆が声を限りに叫んでいて、誰の声も聞き取れなかった。私は祝福を受け、すっかり愚か者になった気分だった。人々の唇が動き、微笑むのを眺めていた。ときには私も唇を動かした。そして飲み、また微笑んだ。微笑みを貼り付けてばかりいたので、顔が痛くなった。カルロス・フエンテスの言葉さえも、この表情で受けとめたのだった。

その後何が起こったかは、酔って意識も朦朧としていたのでぼんやりとしか覚えていない。私たちはバスに乗り、バスはホテルの食堂に直行し、そこで夕食を摂るとバーに移ってなおも酒を飲み、真夜中にタクシーでディスコに行き……こんな風に河岸を変えて夜会が続いたのだが、ラムですっかりへべれけになった私は、その間もずっと居心地悪さを感じていたし、それが鎮まることもなかった。とりわけ結局そのディスコがどこにあるのかもわからずじまいだったのでソワソワした。なぜこんなに落ち着かないのかわからなかった。いるべきでない場所にいるという感情ではなかったはずだ。それは私が常に感じていることだからだ。だいぶ経ってから、いったい何が起こっていたのか納得した。半ば無意識のうちに、私は若者たちのグループに加わっていたということだったのだ。私は彼らとともにバスに乗って戻り、彼らのテーブルに着き、その後の成り行きにもついていったのだった。彼らは〈会議〉の組織委員会（自分たちでは「兵站」と呼んでいた）のヴォランティア学生たちだった。ほとんどが女の子で、二十歳を超える者はほぼひとりもいなかった。ヴォランティアに登録した者はみんなが皆、文学好きというわけではなかった。作家仲間たちはこのグループから私を引っ張り出そうとはしなかった。むしろまったく逆だった。

　私は文学よりも「人生」を好むことで有名で、仲間たちはそれを確認した次第だ。私が若い女の子たちの尻を追いかけていくのだろうと思い、なるほどそのとおりだと納得した。ある意味で私が間接的にそんな彼らの言い分を認めてもいた。私は文学は人生と情熱の一部だと明かしていたのだから。学生たちは学生たちで、私がどうやら彼らに注意を払っているらしいというだけで満足していた。本当は有名な作家たちと話し、〈マクートの糸〉の英雄であることを誇るべきだったこの私が、作家たちよりも自分たちを選んだのだから、それだけで充分だった。

　夜の残りの時間はディスコで過ごした。ストロボスコープのライト。サルサが大音量でかかっていた。人がいっぱいで体を動かす隙間もないほどだった。成層圏にいた私にはどうでもいいことだった。若者たちがいわば酩酊した親衛隊の役目を果たしてくれた。年長の同僚たちが私に対して抱いている間違った考えが、別の視点からも見えたと言われそうな成り行きだ。根本的にはもうひとつの視点からの非難と同じものだが、つまりは私が若い連中の血を吸っているということらしい。私が年相応に見えない理由が他には考えられないというのだ。しかし、私の吸血行為はまた特別なものだと私は思う。

吸血行為は私の隣人との関係の鍵になる。私が誰かと関係を持つための唯一のメカニズムなのだ。もちろん、これは比喩だ。文字通りの吸血鬼は存在しない。あるとすれば、わずかに、口にするのも恥ずかしい寄生の行為を、何でもかんでもそう呼んですませる比喩としての吸血行為がある。そう呼んでかろうじて人はそれを受け入れているのだ。私にあってはその比喩は、既に述べたとおり、特別な形を取る。私が隣人に抱きついて吸い取るものは金でもないし安心でもない。賞賛でもないし、ましてや、仕事の話に移るなら、テーマやストーリーでもない。それはスタイルだ。人間は誰しも、いや実際には生きとし生けるものは皆、物質的かつ精神的にこれこれのものを持っていると見せることができるのだが、それに加えて、それらの持ち物を管理するあるスタイルを有していることに私は気づいた。そしてそれを見つけ出し、我が物にするすべを身につけた。それが私の人間関係に重大な結果をもたらした。少なくとも、四十歳を過ぎてからはそうだ。人との関係が一時的なものになったのだ。始まったと思うと終わる。とてもはかない関係だ。年々はかなくなっていく。それにつれて個人のスタイルを盗むのがうまくなっていく。他のジャンルの吸血行為なら関係を長続きさせる。たとえば犠牲者から金をむさぼり取ったり注意を惹きつけたりというものならば、隣人の蓄えは無限に増えていくのが常だ。ストーリーを求めている場合でも、たったひとりの人物が際限なくそれを差し出してくれるだろう。しかしスタイルはそうはいかない。個人から個人へと渡ったら、それで尽きてしまう仕組みになっている。動き出してしまったら、私に血を吸われた者がみるみる枯渇していくのがわかる。しなびて、空になってしまうのだ。そしてまったく得るものがなくなる。そうすると私は次の人に移るのだ。

こう言ってしまえば、私の科学者としての活動の秘密を包み隠さず語ったことになる。さんざん触れ回っているクローン化も、スタイル細胞の複製以外の何ものでもない。そうなるとこんなにスタイルに飢えるのはなぜかとの問いも生まれるだろう。答えは持続の必要性にあるのだと思う。私は愛の中にその必要性の突破口があるのではと思って探してきたのだが、これまでのところ見つかってはいない。

私たちは壁ぎわのベンチにすし詰めになって座っていた。私の隣にいて時々会話を交わしていたのはネリーだった。ベネズエラ人の若い友人のひとりで、大学院で文学を学んでいた。私は彼女を素晴らしい人だと思っていたし、彼女といるとしばしば、性の壁を越えた不思議な羨望のようなものを感じてもいた。歳は二十一、二のはずだが、年齢を超越した理想を体現していた。小柄で痩身、奇妙な純粋さのある面立ち、目はとても大きく、一種貴族的な雰囲気がある。スーツはひどく幅広のパンツに袖無し上衣で、紫色のサテン製だった。完璧な形の胸がほとんど露わにならんばかりだった。足には先の尖ったオリエンタルなバブーシュを履いていた。カールした金髪が顔を斜めに横切って片目を隠し、肩まで落ちていた。彼女の魅力の一部はそのちぐはぐさにあった。彼女は混血で、ひょっとしたら先住民の血も少し入っているかもしれないが、顔はフランス人みたいだった。友人たちの話から判断するに、金髪は最近のことだった。何年も前に知り合ったときには赤毛だった。彼女が何を考えているかは言い当てることができなかった。ディスコでは彼女は落ち着いて、リラックスしていた。手にラムのグラスを持ち、美しい目は遠くの何かを見つめていた。別の場所にいるみたいだった。言葉を差し向けたときだけ喋った。そうでないときは穏やかでやさしい沈黙に包まれるままになっていた。声は囁き声だったけれども、滑舌がはっきりしていたので、音楽の大音響を凌いではっきりと理解できた。

「今夜の君はすてきだね、ネリー」私はアルコールで呂律が回らなくなっていた。「そういえば、いつもかかな。こんなこと言ったことがあったっけ？　何でもかんでもいちいち言葉を繰り返してしまうんだ。ただし、おかげで二重に聴き取ることができるし、その意味と意図の深い真実が裏打ちされた形になる」

最初、聞いていないのかと思ったが、それも彼女のいつもの反応だった。私たちはぴったりと体と体をくっつけ合っていたので、二人の間には可動空間などほとんど存在しなかったが、そのわずかな隙間で彼女がこちらを振り向いた。まるで女神像が祭壇の中で回転したみたいだった。

「あなたに敬意を払ってきれいにしてきたのよ、セサル。

「ありがとう。楽しんでるよ。でも君は昔から上品だった。君の人格の一部だ」

「ご親切にどうも。内側も外側もいい人なのね、セサル」私は彼女の言った二番目のことに対して何だかよくわからないという表情をしたに違いない。というのも、彼女がこうつけ加えるのが聞こえたからだ。「あなたはきれいだし若い」。

ライトはとても低い位置にあって、私たちは実質的に闇に包まれていた。あるいはこう言った方がいいかもしれない。投光器による光の束がまばたきしているので、そこで何が起こっているか見えるのだけれども、それを頭の中で再構成することはできなかった。こんなことを見出すとは、こうしたナイトスポットとはあざといではないか。照明の外的作用は主観を再現するものだが、それがアルコールと音の作用もあって、ここでは無になってしまう。その無の深みから、金色に輝く天女のように美しいネリーが浮かび上がってきたのだ。私は彼女の体を引き寄せ、キスをした。彼女の唇は不思議な味がした。私にはそれは絹の味に思われた。私たちはとても近くにいて、ぴったりとくっついていたので、どんな動きをしてもそのずれは最小限のものになった。ほとんど知覚できないほどにしか動かなかった。

「私はもう若くない」と言った。「前にここに来たときから髪もずいぶん薄くなったのに気づかないかい？」

彼女は視線を頭に上げてそんなことはないと言った。私は酔っぱらいらしくしつこく、髪が薄くなったと繰り返した。もうすぐ禿げるのかと思うと怖い。しかも単なる色気の問題ではなく、とても具体的な動機もある。私は説明した。とても若いころ、ちょっとした狂気の発作に見舞われ、頭を剃り上げ碑銘を刺青させたのだ。髪が伸びるとそれは隠れた。今禿げてしまったらその碑銘が白日の下にさらされる。そうなると、私がそれまでに身を守るためのもろい殻のようにかろうじて周囲に張りめぐらせてきたわずかばかりの評判が終わってしまうだろう。

「どうして？　なんて書いてあるの？」今は信じるふりをしようというように、彼女は訊ねてきた。

「地球外生命体の存在を信じることを表明するものだとだけ言っておこう」

すみれ色の光線が一瞬､彼女の顔を舐めていったので､彼女が神妙に微笑んでいるのがわかった。

話を続けた。そんなわけで私は養毛剤入りシャンプーに一財産つぎ込んできたのだ。それに、商品が信頼できない私は自ら化学者にもなったのだ。

しばらくして話題を変え、左手に光る指輪はどうしたのだと訊いた。気になる宝石だった。王冠の形の台座に青い石が載っているのだが、石のそのそれぞれの面が別々にはめ込まれたような感じだ。卒業記念のカレッジ・リングとのことだ。大学の伝統なのだと。ただし彼女のリングには特徴があるらしい。二重になっているのだ。同時に二つの学位を取ったので、それを記念するものになっているということだ。文学士と文学教育学士だ。とても微妙な違いなのだが、それでも彼女はその二重の学位を自慢に思っているようだった。

仕事で使う核酸で腐食してしまった爪のあるこの手を彼女の小さな絹の手に絡めると、彼女は抵抗しなかった。その手を目のところに持っていき、リングをしげしげと見つめた。実際のところ、造りとその仕掛けが目を惹くひと品だ。ストロボスコープの光の球が私たちの上を転がっていくたびに、青い石は輝いた。ノミで開けた二つの小窓を通して、大勢の若者が踊っているのが見えた。石の周囲をくねくねと走る細い金色のテープ状のものの上には文字が書いてあった。「ほら」もう一方の手の二本の指で指輪を回しながら彼女が言った。「ひとつの文章の文字がもうひとつの文章にも組み込まれている。そうやって二つの学位が読める仕組み」。

もちろん、光が弱かったし、すっかり酔っていたしで、読むことができなかったが、それでも仕組みはよくわかって感心した。彼女の指にキスした。

失礼かもしれないが、私は熱帯地方のその大学で勉強したからといって、どれほどのものかとの思いを抱いていた。ディスコでこうして会話したり愛撫したりするのも、もう少し広い文脈からの行為なのだった。ネリーの本当の知性を値踏みしていたのだ。私が誘惑しようとして手練手管の限りを尽くすとき、それが悪意のないものであろうがリスクを冒すときであろうが、そしてまたときには情熱にかられて心の底から口説くときもあるのだが、どんなときでも常に根底にあるのは、相手の女性の知性の度合いを測るということだ。そうしないわけにはいかないのだ。潜在意識にあるのは、性奴隷というか、私の欲望のおもむくままに、何の抵抗も見せずに、従ってくれる女性を手に入れたいという、思春期の少年のような幻想に違いない。そのためにはだいぶ特別な造りをした、特別な大きさの知性でなければならない。しかしながら、知性というやつは不思議なものだ。いつも私を愚弄し、私が手に取ろうとすると逃げ去る。文学においてうまく扱ってみせようとしてもそうだ。だから結局、解決不能な難問のようなものになってしまう。

ネリーに関しては他の下心もあった。もっと積極的で説明しがたいものだ。彼女はアメリーナの親友だったのだ。すべてを打ち明けられていたので、彼女はアメリーナのことなら何でも知っていた……。

とりわけ彼女は、アメリーナがどこに隠れているのかを知っていた。彼女は秘密を産み出す装置だったが、それ自体、謎だらけの装置で、愛の連続性も産み出す装置だった。二人はぜんぜん似ていなかった。ほとんど正反対だった。いつだったか私は、冗談に、二人を太陽と月に譬えたことがある。その日ディスコで私の隣で脈打っていた完璧なその姿は、ひとつの現実だった。他のすべての現実に接触し、他の現実に続いていき、しまいには世界全体を包摂してしまうような、そんな現実だった。ネリーの夢見るような目は夜の中のどこかわからぬ一点を見つめ、私の中のどこか一点を見つめていた。

8

夜明け時、ものごとは水滴のように現実から湧き出ていた。どんなありきたりな事物ですらもが、深遠なる現実に飾られていて、痛ましいまでに私を震わせた。草むら、縁石、布きれ、何もかもがやさしく濃密だった。私たちのいるボリーバル広場は本物の森のように、葉の生い茂る樹木に囲まれていた。空は空色を取り戻していた。雲ひとつなく、天体も飛行機も見当たらない。すっかり空っぽになってしまったかのようだ。太陽は山の向こう側ではもう昇っているのだろうが、西側の高い山々の頂にはまだその光線は届いてもいなかった。光は濃密になり、体は影を投げかけていなかった。影と光が層をなしてたゆたっていた。鳥たちは歌っていない。虫たちは眠りについていたに違いない。木々は絵の中のようにぴくりともしない。足下では現実が、誕生する鉱石同様、原子をひとつ、またひとつと結晶化させていた。

ものごとに輝きを与えている奇妙さは、私から出ているのだった。私の深淵のような困惑から、世界が芽吹いていた。

「それじゃあ、私は愛することができるのか?」私は自問していた。「本当に愛せるのか? テレビドラマみたいに? 現実のように?」この疑問は考えることのできる範囲を超えていった。愛するだと? この私が、愛? 頭でっかちで、知性耽溺型の私が? そのためにはそれを可能にするような何かが起こらなければならないのではないのか？　宇宙に何らかの徴候が現れるとか、すべての事実の流れが逆になるような出来事とか、日食・月食のような何かが……？　私の靴から数センチ先では、原子がひとつ、またひとつと透明な炎となって結晶化し続けていた……このままでも、宇宙がひっくり返らなくても私が愛することができるのだとすれば、現実が実現するための唯一の条件は隣接性だった。物事が隣り合っていること、列をなしていること、層をなしていること……などが必要なのだった。いや、そんなはずはない。信じられない。けれども……ポン！　空気の原子がまたひとつ、私の目の高さで、螺旋を描いてみごとに燃焼した。諸条件のすべてがたったひとつの条件に集約することがあるとすれば、それはこういうことだ。アダムとイヴが現実であること。

　ネリーと私は木陰の石のベンチに腰かけ、紙のように真っ白になっていた。私は最大限にこわばった表情をしていた。どこかの老人のようで、白く、血の気のない顔に、髪は逆立っていた。それがわかるのは、私たちの目の前に〈望外鏡（エクソスコピオ）〉があって、その鏡に反射している自分が見えていたからだ。学生劇団の俳優たちがパーティの締めにとディスコまで運んできて、記念に見せてくれたのだ。私たちは鏡の中に自分たちの小さくなって倒立した姿を見ながら、雨乞いをする野性人のようにその周りで踊り狂った。その後、酔った彼らはそれを置き忘れていったので、私がそれを広場まで担いで出た。そのうち彼らが思い出して取りに来るだろうと思ったのだ。公式の上演にも必要としているはずなのだから。

　実によくできていると認めないわけにはいかなかった。朝焼けの全景が〈望外鏡〉に反射していた。そして、まるで世界の終わりの後のように朝焼けに佇む我々二人も。どうにかこうにか視線を装置のガラスから外し、直接ネリーを見た。どうしたわけか、馬鹿な質問をしてしまった。

「何を考えてる？」

彼女はしばし黙った。虚空を睨んではいるが、どこかを注視していた。

「ねえセサル、聞こえない？　何だろう？」

あえて言えば、私には絶対的に静まり返っていると思えたのだが、しかし余所者の身としては、そこに常ならぬものがあるかないかなど判断がつかなかった。いずれにしろ、ネリーは沈黙に心を騒がせているのではなかった。夢見心地を抜け出た私にも聞こえてきた。危ないと叫ぶ声、アクセルを踏む車、サイレン。どれも周辺部で鼓動するくぐもった音で、中心部のこの世のものとは思えない静けさを乱すにはいたっていないけれども、近づいてきていた。

「鳥たちが鳴くのをやめた」とネリーが囁く。「ハエさえもどこかに隠れた」。

「地震かな？」と言ってみた。

「かもね」と気のない反応。

広場の横を車が一台、全速力で通り過ぎた。後ろから軍のトラックが、武装した兵士をぎっしりと乗せて通りざま、そのうちのひとりが私たちに何かを叫んだ。だが、速度がありすぎて聞き取れなかった。

「見て！」ネリーが上を指さして叫んだ。

ある高いビルのテラスに人が鈴なりになって集まり、遠くを眺めながら何かを叫んでいた。広場の周りのどこもかしこも、バルコニーでは同じ光景が見られた。カテドラルの鐘が私たちの正面で鳴りはじめた。通りにはあっという間に家族を乗せた車が溢れた……まるで一種の集団的狂気だった。私ひとりならば、これが普通なのだと考えて眺めていることもできたかもしれない。何しろこの街の習慣を知らないのだから、いつも日曜の夜明け時はこうなのだと考えることをあらかじめ阻むものは何もなかった。土地の人たちはいつもこんな風にバルコニーやテラスから外を眺め、天気はどうかと確かめているのかもしれない。散歩やスポーツにもってこいだと喜びの叫びをあげるものなのかもしれない。カテドラルの鐘は単に朝のミサに招集をかけただけかもしれない。家族がこんなに早く出かけるのはピクニックに行くのかもしれない……。ネリーと一緒でなければ、何もかもがいつもの日曜の朝に見られる光景だと取ったかもしれない。しかし彼女は極度に集中していたし、警戒すらしていた。

明らかに遠くで何かが起こっているのだ。山に囲まれたこの小さな盆地の街で遠くと言えば、とりもなおさず周囲の山々を指していた。広場からは山は見えないけれども、隣接する通りに出ればどこからでもパノラマが開ける。それがこの場所が観光客を魅了するポイントともなってきた。私は立ちあがった。ネリーもきっと同じことを考えたのだろう。彼女も立ちあがった。そして一番近くだとどこに行けば事態がはっきりするだろうかと素早く計算した。

「フンボルト通りの凱旋門に行きましょう」と言うが早いか歩き出した。

その門だったら私も行ったことがあった。ここから百メートルのところにあって、長い長い階段に面していた。高低差が大きいので、盆地の半分が見渡せた。私は彼女の後について行こうとしたが、止める身ぶりをした。

「このポンコツをここに置いていくのか?」と〈望外鏡〉を指して言った。

彼女は肩をすくめた。放っておいて先を急いだ。凱旋門にはものの二分としないうちに着いたが、そこまでの短い道のりの間にも通りの交通量は増え、大群衆で前進するのに困難をきたした。誰もが興奮していて、怯えている者もいた。大半はまるで命がけであるかのように急いでいた。口々に何かを喋っていたが、私にはひと言として理解できなかった。まるで外国語みたいだった。パニックになるとよくそうなるというが、そのせいに違いない。

凱旋門から覗いてみて正体がわかった。驚きのあまり、しばらくはそれを受け入れられなかった。とりあえずは、なるほど皆が警戒するのも納得できた。納得どころの騒ぎではない。どう言い表せばいいのか、よくわからない。最初に見たその光景はこの世のものではなかった。相変わらずの暁だった。太陽はまだ出ていない。空はすっかり晴れていて空っぽだった。人々の体は影を投げていなかった……山々の頂からゆっくりと下りてきていたのは、数匹の青い巨大なウジ虫のようなものだった……こんなことを言うと、シュルレアリストたちの自動筆記ではとの憶測を生みそうだと気づいたのだが、こう言うしかないのだ。まるで何か他のもののあらすじが割って入ったみたいだ。たとえばB級のSF映画とか。それでも、これは私たちが経験したことの続きであって、いつ何時も、他の話は介入していないのだ。それらは生き物だった。その点に関して私の目をごまかすことはできない。何しろあまりにも数多くの生命体を扱ってきたのだから。それらは機械には決して真似のできない動きを見せていた。幼虫どもの大きさは長さ三百メートルに直径二十メートルと見積もった。ほぼ完璧な円柱形で、頭も尻尾もない。といっても、そんな幾何学的な形状だと思うのは、頭の中で再構築された結果に違いない。虫たちが山の起伏に合わせ、伸び縮みしながら進んでくるのははっきりと目にできたのだから。そしてまた、ぷにぷにした体で涎(よだれ)を垂らしながら来るのも見て取れた。しかし体重がとてつもないことも推察できた。通過するときに岩は砕け、山腹は真っ二つになり、木立は森ごと木っ端微塵に飛び散っていたからだ。尋常ではないほどのすごいこと、それがこの状況に余計な恐怖の色合いを加えてさえいなければ、溜め息を漏らすほどに素晴らしかったはずのことがもうひとつあった。色だ。青い蛍光色で、それが水の色やまだ明け切らぬ空の色、原初の胎盤の湿りにも似た青を湛えていた。

ネリーが私の腕にしがみついてきた。恐怖に震えていた。視線を滑らせ、アンデスの大いなる円形劇場をひとめぐり見渡した。何百匹ものウジ虫がいっせいに街を目指して下りてきていた。人々の叫び声がして、このときばかりは何を言っているかわかったのだが、私たちの背後、見えない場所でも同じことが起こっているとのことだった。既に言ったとおり、メリダは四方をすっかり山で囲まれている。これの意味することはひとつだ。やがて我々は怪物に押し潰されてしまうだろう。山裾での地崩れは天変地異の域に達していた。家屋くらいの大きさの石がゴロゴロと転げ、盆地全体が振動していた。もう郊外はずたずたに破壊されているはずだ。距離や大きさをざっと計算しただけでも、この街が地獄に落ちるのを防ぐために打つ手はないことがわかる。虫たちの二、三匹でレンガ一枚残さず叩き潰してしまうには充分だ。それが何百匹といるのだ！いや、それだけではない。気づいたときには恐怖を感じたし諦めもしたのだが、虫たちの数は無限だった……まだまだ増えていた。次々と生まれ出てきていて、一向に増えるのをやめる気配がなかった。

先頭を進む虫たちは既に、山頂を結ぶ水平線と盆地の地面の中間あたりにいた。やつらが下りてくるのはそんな理由だった。つまり仲間がどんどん増えるので、下に押しやられているのだ。ほとんど機械的に決定された宿命だ。見た目も奇抜なこの虫たちは私たちを殺そうとする本能に突き動かされて行動しているのではなかった。そう、奇抜なのだ、虫たちは。何らかの意図を宿しているなどとは、とても思えないのだ。破壊行為をしているのはただひとえに大きすぎるからだ……大きく見えるのは目の錯覚ではないか、山を下りるにつれて小さくなって、しまいにはタバコの吸い殻のようにおとなしく、足で踏みつけにできるのではないか、と考える者もいるかもしれない。だがその考えは却下だ。まぎれもなく現実の存在なのだ。だから一匹でも近くに来ようものなら、もう一巻の終わりだ。

大きく見えるだけではないかという考えに宿ったはずの希望も、その瞬間、凱旋門から見て取ることのできた出来事を前に、痛々しくも潰えてしまった。先ほど広場の前を通った軍のトラックが、他のルートからやって来たトラックと合流して、大挙して虫たちめがけて山を登っていった。先頭の虫の前で停まるのが見えた。兵隊たちがトラックを下り、巨大な青い塊の前で展開した。そうなるともう一目瞭然だった。怪物の前では人間たちが昆虫のようで、悲愴なまでに無力だった。無力なことが明らかになったのは、彼らが自動小銃を発砲したときだ。一発として外しはしなかった（山そのものをめがけて撃つようなものだ）のだが、いつまでも延々と撃ち続けても、結果は変わらなかった。まったくの無だ。弾丸はぷにぷにした樽のような青い肉に当たっても、海に投げこまれた小石のように見えなくなった。バズーカも手榴弾も、そして一台のトラックの幌に据え付けた対空砲まで試してみたが、どれをとってもあざ笑いを巻き起こすほどに無駄に終わった。大団円が訪れたのは、やみくもに進むウジ虫の体の一部が、急勾配の坂で滑り、道路を転がり落ち、巨大な麺棒よろしくトラックと人々を押し潰していったときだった。人と車をすっかりぺちゃんこにしたのだ。生き延びた連中は我を忘れて一目散に逃げた。私たちの周囲の人々は成り行きを声も出ないままに見守っていたのだが、沈黙が破られ泣き声や苦悩の叫び声が聞こえた。さらに悪いことが起こるという確信の叫びだった。誰かが別の場所を、横を指さした。そこではもうひとつのカタストロフが起きていた。盆地から出て高地を突っ切る自動車道だった。ぎっしりと列をなして逃げようとしている車の上に、別のウジ虫が倒れこみ、数えきれない数の死者が出ていた。列は動きを止め、人々は車を降りて、草むらやら石やらを跳び越えてかわしながら、市街地へと走って後戻りしていた。逃げ道などなかった。決定的だった。視線は恐る恐る私たちのいるコロニアル様式の家々へと戻って来た。市街地だけが唯一逃げ込める可能性のある場所だった。だが、家々の壁がウジ虫たちの重みを受けとめることができると考えるなど、詮無いことだった。

集団感情は自分たち自身の方に振り向き、目の前の出来事が現実だと確認して恐怖におののいた。そんな逆戻りが私にも達した。多くの人々が、ひょっとしたら全員がそうかもしれないが、私もまた常々、本当に集団的なカタストロフなどというものが訪れれば、その中に自分の夢の素材を見出すことができるのではないかと考えてきた。それを手にして、しまいにはそれに形を与えることができるのではと。わずか一瞬でもいいからそうあってほしいものだと。そうなれば私にはすべてが許されるのではないかと考えていたのだ。とても大きくて誰にも関わってくること、たとえば地震とか、惑星同士の衝突、戦争、そういったものが起これば、状況は純粋に客観的なものになり、そこに私の主観の入り込む余地が生まれ、ついにはそれが手綱を取って動き始めるのではないかと思っていた。

しかし客観の最高の極みにも主観ははっきりとあらわれていた。私は今し方天変地異を例として引き出したが、そしてそれらは実際には例ではありえないのだが、この例の中には涎を垂らしながら進む生き物が侵入してくる場合など入っていない。こんなことは現実の人生では絶対に起こりはしないだろう。これは熱に浮かされたひとつの想像力からよって出ていることだ。というのは、私の想像力だ。そしてこれは誰にも明かしたことのない私の内的生活の比喩としてそこに戻っていくのだ。

ここでまたしてもレヴェルを変えて語るときがきた。また「翻訳」するのだ。しかしこのたびのそれは根本的なもので、すっかり一回転することになる。そして話の糸を、放っておいた地点まで戻って結び直すことになる。

それというのも、前の「翻訳」で私の代理を務めていた登場人物の頭の中の動きは、大勢の人がカタストロフに巻き込まれる機を利用するのもいいのじゃないかと考えた地点から、すっかりフィクションの中に溶けてしまい、ばらばらに散らばっていた辻褄を寄せ合わせ、以前の「翻訳」のみならず、「翻訳」が出てくる過程そのものも含めて全体的に再解釈したのだった。

悪夢の解釈にも似て、突然の疑義が私を襲った。ひょっとして私のせいではあるまいか？　あらかじめそんな思いを持つのは馬鹿げているが、これはあまりにも極端なケースで、戯画的とも言えるほどに大袈裟な例だけれども、ほんの小さな原因がとんでもなくバランスを崩して、大きな結果を生んでしまったのではないか。けれどもひとつ考えると次の考えが引き起こされる。そうやって眩暈（めまい）のするような展開で考えが真実味を帯びていった。私は自分自身の「翻訳」の数々を遡り、それらすべての根源まで行き、それらの起源を形にした装置に到達した。ウジ虫たちが私の中で後退を始め、下りてきたときと同じくらいやみくもに、山を登っていった。道々私がこれまで作り出したものをなぎ倒し、押し潰されたそれらの死体からは、記憶の雲が、記憶の幽霊が湧き出て来た。

すっかり忘れていた。思考を作り出すシステムそのものが、それを消す役目を担っていたのだ。あらゆるレヴェルにわたって空白の曲がりくねった溝を作っていたのだ。人生はたった一度きりだというのに、これだけの健忘症に苛まれるとは！　これでは生まれ変わりの理論を支持することになりはすまいか？

もちろん、「盲目の翻訳」というのがある。内容を問題にせず、言語を機械的に置き換えるだけのやつだ。技術的な記述や、機械やプロセスを事細かに語る記述に出会ったときに、プロの翻訳家たちはそういうことをやる……内容を理解するにはそのテーマについての入門書をひもとき、興味のないことでも知らなかったことを少しばかり勉強しなければならない……でもそんなことは必要ない！　一文一文、ページを丸ごと、正確に訳せばそれでいい。翻訳はそれで出来のいいものになるだろうし、翻訳家たちは最初と変わらずものを知らなくても充分に幸せだし、仕事の報酬ももらえる。とどのつまりは、彼らは言葉を知っているからそれで金をもらうのであって、ものを知っているからではないのだ。

大群の青い虫たちの台風の目は山々のある地点に集中していた。そこから光が湧き出、まだすべてが見えるようになる前に、山々の割れた稜線に沿って、ルーレットの玉のようにするすると転がり、どこかの地点で立ち止まり、そこで具体的な形をとると山を下りはじめた。その数は多かったし、光は次々と放出されてきたので、輪のすべての点から一斉に下ってきたのだった（このルーレットではすべての番号が一斉に出てきた）。そのある地点というのがどこなのか、私にはわかる。しかも他の誰でもなく私だけが言い当てることができるのだ。私のクローン製造器だ。何年もの間フルタイムでクローン素材を扱ってきたので、それを認識するための第六感のようなものが研ぎ澄まされてきた。あの虫たちはその特徴をことごとく有していた。ほかならない並外れた大きさも、統制の効かなくなった細胞の増殖以外の他にどんな原因があるというのだ？　そしてそれはクローン化だけが産み出しうるものだ。機能的な存在には突き抜けることのできない限界がある。最初に思いついたのは装置が壊れた、イカレてしまったということだ。しかしすぐに修正した。こんな考えは、消費社会の市民にこそふさわしい。私の場合はそんなものではない。なにしろクローン製造器は私みずからが作ったのだから。だからその装置の合理性は非の打ち所がないということは、誰よりもよくこの私が知っている。

既に言ったことだが、虫の色つやが最も目を惹く要素だった。それが説明の糸口だった。というのも、その色、特徴的な光沢のあるその青は、そもそもはじめからスズメバチが取ってきたカルロス・フエンテスの細胞の色を思わせるものだった……細胞で見たときには、今、波打つ巨大な表皮となって広がった姿を見たときほどの思いは抱かなかった。そういえば別の場所でこの色を見たことがあると気づいた。しかも細胞採取のその日に見たのだ。一週間前だ。どこで見たのだろう？　その日カルロス・フエンテスがひけらかしていたネクタイだ！　イタリア製の天然絹のみごとなネクタイだった。それが純白のシャツの上に光っていた……スーツは明るいグレー……（ひとつ思い出すとまたひとつ思い出し、ついには全体像が完成する）。すると恐ろしい証拠を突きつけられ、どれだけの間違いを犯してしまったのかはっきりとわかったのだった。スズメバチはカルロス・フエンテスの体のではなくネクタイの細胞を採取してきたのだ。唇からうめき声が漏れた。

「役立たずのスズメバチめ、売女のおふくろともどもくたばりやがれ！」

「えっ？」ネリーはびっくりして言った。

「いや、気にしないでくれ。こっちのことだ」

実際にはスズメバチのせいではない。すべては私の責任だ。可哀想な使い捨てクローン製造器には、どこまでが人間でどこからが服なのか、どうすればわかるというのだ？　ハチにとってはすべてが同じひとつのものだ。すべてが「カルロス・フエンテス」なのだ。つまるところ、〈会議〉に参加している批評家や先生たちに起こっていることと大差はないではないか。彼らはどこで人間が終わり、どこから彼の本が始まるか教えろと言われても、きっと苦労していたことだろうから。彼らにとっては何もかもひっくるめて「カルロス・フエンテス」なのだ。

昼の光に照らされ、はっきりと見えた。絹の細胞はそれを産み出した蚕のDNAを有していた。つまりクローン製造器がやったことは、ただ情報を解読して再構成したことだけだ。その結果がこれだった。青い怪物はほかでもない蚕のクローンなのだ。それがこんな不条理なサイズにまで育ったのは、単に私がクローン製造器を「天才」モードで作動させたからだ。状況が異なれば、皮肉な憂鬱を湛えた微笑みを漏らしたことだろう。なんとも間抜けで破壊的な巨大生物に変わってしまったものだ。偉大な文学者が人生の機織り機を経るとこうなるのか、と。

しゃっくりひとつする間に頭を横切ったこうした考えによって、私は我に返り、なんでもいいからどうにかして差し迫った破壊を止めなければと思った。嘆かわしいことに、私はこうしたときにうまい考えが思いつかない。しかし嘆いている場合ではなく、行動に出なければならない。そのうち何か思いつくだろう。たとえ思いつかなかったとしても、いずれにしてもどうにかなるだろう。私が始めたことなのだから、私が終わらせることができずにどうする。私から生まれ出たものならば、私の中に戻ってくるはずだ。私のせいで何十万人もの罪なき人々が死に、この由緒ある都市には石また石しか残らない、などということになってはならない。大惨事になるかもと考えるだけで、私の人格には悪魔的な輝きが影を射してくる。作家としての私の性格は、人畜無害だ。そんな私が悪魔に、世界の破壊者になれるはずがないではないか！　それは無理な相談だ。ただし、よくよく考えれば、ここでまたレヴェルを変えれば生産的になれることは明白だった。この私でも実際、悪魔のように、悪の怪物になることができるだろう。こうしたことはかなり相対的な問題で、そんなことはどんな人間でも、日常の経験からわかっているはずだ。

ネリーの肩を抱き、凱旋門に詰めかけた野次馬の一団から抜け出た。集団全体が解消するところだった。男も女も皆、慌てて行動を起こしていたが、はっきりとわかる目的もないのだった。何ができるというのだろう？　地下に隠れる？　神の最後の指示を仰ぐ？　でもともかく、何かしなければ。

ネリーはショックを受けていた。顔を彼女の顔に近づけ、反応を得るために言った。

「私がどうにかしよう。止められると思う」彼女は信じられないという表情で私を見た。私はもう一度言った。「街を誰かが救えるとすれば、それは私だ」。

「でもどうやって？」言い淀んで彼女は視線を後ろに戻した。

「君の助けが必要なんだ」

それはあまり確かではなかった。理由はいろいろあるが、とりわけ、まだ作戦計画が立っていなかったからだ。しかし効果はあった。彼女の目は興味の輝きを取り戻した。きっと彼女は私が〈マクートの糸〉の英雄だと思い出したに違いない。だから歴史的な偉業にも無縁ではないはずだと。

遠くまで行く必要もなかった。文字通り私たちはエンジンがかかったままでドアの開いた車に出くわした。持ち主は凱旋門から事態を眺めている一団の中にまぎれ込んでいるに違いない。

「さあ」と私は言った。

私は運転席に乗りこんだ。ネリーは助手席に座った。タクシーだった。車種は七〇年代のポンティアック。これだけ長くて幅のある代物には、今どきベネズエラでしかお目にかかれない。

道路が封鎖されているのではと恐れたが、そうではなかった。街中は相変わらず慌てふためいて麻痺していた。アクセルを踏み、〈高架橋〉に向かう大通りに出た。思いついた唯一の解決策は、生まれ来る怪獣どもの間を縫って走ってクローン製造器のところまで行き、止めるというものだった。そうすれば、少なくともどんどん出てこなくなるはずだ。逆向きの操作を作動させたところで、蚕たちはまたそこに吸収されてはいくまいとは思うが、試してみる価値はありそうだ。ともかく、アクセルを全開にした。もう〈高架橋〉に出ていた。山々を匍匐前進で下りてくる青い塊がよく見えた。

「どこに行くの？」ネリーが言った。「逃げられるとは思わないけど」。

「そのつもりはないよ。まったくの逆だ。やつらが湧き出てくる場所まで行くつもりだ」その後私は小さな罪のない嘘を差し挟んだ。この惨劇の責任が私にあると察せられたくなかったのだ。

「閉じなきゃいけないんだ……つまりその、出てくる穴をさ。ひょっとしたら連中をその奥深くに戻す……入れることもできるかもしれない」

彼女は信じた。馬鹿げた話だが、何らかのし方で〈マクートの糸〉解決の仕組みを思わせるものがあったのだろう。私がそれを解いたのだし、そのことが私の話を真実味のあるものにしていた。

アクセルをなおも踏んで登り続けた。古いポンティアックは車体を震わせ、取れかけたナンバープレートが喧(かまびす)しい音を立てていた。運転していると、なくしていた配列のいくつかが戻ってきた。徹夜明けで酒も飲んでいたので、当初、体の細胞のひとつひとつには死ぬほどの疲れがあった。眠気に打ち負かされそうだった。ところが体内でアドレナリンのシャワーを浴び、体がシャキッとしたし、少しずつ私は本来の能力を取り戻しつつあった。

左にハンドルを切り、ひどく特徴的な坂道に続く小径に入った。ギアをローに入れ、アクセルを踏むと、エンジンが唸り声をあげた。青息吐息になりながらも、この唸る猛獣は街を取り巻く自動車道まで私たちを連れて行ってくれた。右側に出て早朝のそよ風の中を走った。驚いて山から下りてきた蛇や鼠がアスファルトを横切っていた。そこからは事態がクローズアップで眺められた。蚕の青がフロントガラスいっぱいに広がった。近くに遠くに、あらゆるところにやつらはいて、情け容赦なく前に進んでいた。私たちが進んでいる道も、ほんの一、二分としないうちに危険なものになるだろう。そのさらに先に行けばなんとかなるのだが。車の屋根に石があたる音が聞こえた。幸い、小石だ。計画は実行に移せないのではないかとの疑いが頭をもたげた。クローン製造器のところまで行くのは不可能な任務なのではないか。早晩、いや、すぐにでも車を乗り捨てなければならなくなるだろう。少なくとも山に登る道外れまで行けるといいのだが。しかし、ふと思い出した。そこからさらに一時間か、あるいはそれ以上歩いたところに装置を置いたのだった。事態はこれだけの緊急を要しているのだから、そんなに時間をかけてしまっては、蚕どもに街を更地にさせるのに充分すぎるゆとりを与えてしまう。やつらの間をかいくぐって目的地まで無事ついたとしても、だ。一匹の蚕の前に出た。滑り降りているそれがもう行く手の二百メートルばかり先に横たわっている。近くで見ると圧倒的な大きさだ。遠くからだとあれだけはっきりとした、あれだけ蚕らしい形も、ここまで来ると青いパン生地のようだ。それが雲のように広がっているのだ。ネリーはひと言も発さず、ただ食い入るようにそれを見ていた。街中に目を戻した。まるで避けられない事態までどれだけ時間があるか計算しているみたいだ。その瞬間、彼女が何かを思い出すのがわかった。そして実際、息の詰まったような叫び声をあげ、私を見た。

「セサル！」

「どうした！」私はアクセルペダルから足をあげながら言った。

「アメリーナのことを忘れてた！」

驚きのあまり何が何だかわからなくなった。ほかでもないこの瞬間に。アメリーナは今ではもう神話、愛の伝説のようなものなのに。彼女にまた会うことなどとうの昔に諦めていた身には、その名前は純粋に言語にすぎない遥か遠い場所からやって来るように思われた。けれどもネリーの言葉にはリアルな緊迫感が宿っていた。おかげで私はもっと現実的な見通しを持つことになる。まるでアメリーナが本当に存在しているかのような気になった。そして疑いなく、存在していたのだ。彼女は私たちの右手に広がっている街のどこかにいた。その街は、癇癪を起こす子供の手中にある模型の都市のように、小さく、脅威にさらされていた。私の脳に若いころの恋人フロレンシアのイメージが去来した。若く、恋するフロレンシアだ。三十年後、アメリーナの中にその生まれ変わりを見て取った彼女だ。だまし絵の風景のように、遠くのものが近くに、近くのものが遠くに見えた。愛の亡霊がこうしてバトンを渡していくことによって、かつて私の人生は形になったのだったが、今、そのリレーが周囲を旋回して、私が迷い込んでいる黒い光の中にトンネルができた。

「どこにいるんだ？」

「家よ。彼女は朝寝坊だし、眠りがとても深いの。起こして知らせてあげなきゃ！」

彼女がそれで何の得をするというのだろう？　得などないのは明らかだ。ましてや我々にもない。しかしその考えは二つの点で私の興味を惹いた。まず、またアメリーナに会えるということだ。野蛮でのっぴきならない状況下ではあるが。それから、クローン製造器のところまで山を登るという非現実的な計画を取りやめにすることができるからでもある。決断する瞬間、私はまるで子供のようにはしゃいでいた。というのも、ネリーの言葉がほのめかしていたことは、アメリーナがまだ独りで住んでいるということだからだ。彼女は結婚していなかったのだ。それに彼女、つまりネリーはまだ、彼女と私を関係づけて考えているということでもある。緊急極まりないこの期に及んで彼女のことを口に出す気になったということは、私たちの愛が現実だからということでもある。翻訳の壁を突き破り、約束を果たしにあらわれたのだ……。

「行こう」と私は言った。「でも道案内してくれよ」。

彼女が自動車道の最初の出口を指さしたので、タイヤを軋ませながら曲がった。山に背を向け、蚕たちにも背を向けた。知ったことか！　と言うような行為だ。そして市街地に入り、良く知らない通りを走った。アメリーナは相変わらずナンシー・ビルの学生向けアパートに住んでいるそうだ。何年も前に私が訪ねていったのと同じ場所だ。ほど遠からぬ場所だが、こんな小さな街ではどこでもほど遠からぬ場所だ。

交通量は増していたが進みはよかった。誰もが信号を無視していたからだ。彼らはいったいどこに行こうとしているのかと自問した。建物のテラスでは、人々はまだ山を見て、変わらず何かを待ちわび、警戒し、慌てふためいていた。何も方策を講じてはいなかったが、でも、何もできないのだからしかたがない。車は一心不乱に走っていた。どれも同じ方向に向かって……。

「どこに行こうとしているのかしら？」とネリーが訊ねた。

やにわに気づいた。空港だ。なぜもっと早く気づかなかったのだろうと不思議に思った。どうやら他の人たちは気づいているようではないか。唯一の逃げ道は空だったのだ。しかし、いくつかの個人用セスナ機があったとしても、さらに軍の飛行機がこちらに向かっている最中だったとしても、多くの人は救えない。ましてや、全員はありえない。通常便は十時に着くことになっていた。出発は十一時。ただし、運航中止になっていなければの話だ。しかも、来る便に客が乗っていれば彼らはそのまま同じ飛行機でカラカスに取って返したがるだろう。

サイレンのようにクラクションを鳴らしながら私たちを追い越していった一台のメルセデス・ベンツがあった。その後部座席にちらりと見えたのは、カルロス・フエンテスと妻の神妙な横顔だった。彼らも空港に向かっているのだった。無駄な望みを！　それとも彼らには公用機か何かの席を用意したとでも言われているのだろうか？　この街は州都だから、きっと知事には飛行機くらいはあるはず……けれどもこんな「溺れる者は藁をもつかむ」瞬間に、文学的に偉い者が優待を受けるとも思わなかった。まさか！　きっと彼らも、他の連中と同じで、行ってどうにか席を作ってもらおうと交渉するつもりなのだ……そういえば、私は十一時の便を予約していたのだった。事実、ポケットにはチケットも入っている……馬力のあるメルセデスに追いつくことができれば、彼らに私の席を譲るのだが……私は昔からカルロス・フエンテスには好意を抱いていた。彼を実験に選んだのは伊達ではないのだ。自分が惨めだった。今起こっていることは何から何まで私の責任だ。それなのに今、脅威をなくそうとすべてを賭けることはせず（それができる唯一の者なのに）、心の中の、感情的な気紛れに任せて行動している。無責任も甚だしい。良心をなだめるために大声で言った。

「あとほんの二、三分だ。それから三人で山に行こう」

彼女が曲がる場所を教えてくれて、その後もあっちへ行ったりこっちへ来たりの道のりを案内してくれた。前に身を乗り出し、指でどこに行けばいいか指示を出していた。避けがたく彼女を見ることになるのだが、またしても初めて見る人のような気がした。彼女の美しさ、彼女の若さ……を再発見した。いささか私には度が過ぎたが、ともかく、今はそのことなのだ。若返ること、また「きれいだしいい人」になること。彼女の言葉を借りればそういうことだ。彼女は、かわいいネリーは神秘的だった。冷静沈着な彼女の中には何らかの種類の秘密があった。それが私を包んで……。

ここで物語には空白が生じる。その後の数分間、何が起こったのか私にはわからない。ひょっとしたらアメリーナのところには着かなかったのかもしれないし、着いたけれども彼女がいなかったのかもしれない。あるいは彼女を起こすことができなかったのか。確かなことは、気づいたら私は通りの高さより三、四十メートル下にいたということだ。盆地と市街地を縦に貫く渓谷にある川の縁だ。背後のとても高いところに〈高架橋〉があった。峡谷の両側を結ぶ橋のなかでも一番の中心にあるやつだ。そこから大勢の人が覗き込み、私に視線を送っていた。私の目の前には、ほとんど動かない蚕が一匹いた。両者の間の距離は二十メートルもなかった。見たところこの怪物はここまで転げ落ちてきたようだ。転落の痕跡があった。倒された木々や粉々になった家があった。仲間たちは今ごろ、決定的に市街地を取り囲んでいるはずだ。周囲に目をやってみた。谷の縁に立った建物のバルコニーには野次馬がたくさんいて、私たちの睨み合いを見守っていた。ナンシー・ビルがあるのに気づいた。ピンクの壁が鈍い光を放ち、私たちをも染めていた。

しかし、急ぐ必要があった。ただ急いでいるという感情だけが、記憶を失っていた間も私の中に漂っていた。手は〈望外鏡〉の脇のポールに置かれていた。ネリーが逆の側を持っていた。彼女がガラスのパネルの向こうに見えたのだ。二人でどうやってこれを持って来たのだろう？　思い出している暇はなかったが、想像することはできた。蚕が一匹、川床深く、行き着く限り一番深いところまで落ちるのを見て取り、きっと私は、これを利用することができると、少なくとも数分の間は意のままに扱えるから、その間に無化の実験をしてみようと考えたに違いない。そこから数百メートルの地点にある広場に放置した〈望外鏡〉を取りに行ったのだ。かついで持ってくる（体中あちこちの筋肉が痛いのがその証拠だ）と、〈高架橋〉から下に下ろした。まだ橋からぶら下がっているロープがそれを証言してくれている。

実験とはどんなものかは、考える必要もなかった。というのも私の脳は他と並行して、ずっと必要な計算を続けていたからだ……。

「もう少し……こっちだ……ゆっくり……」

可哀想なネリーは息を切らして力を振り絞っている。二人で〈望外鏡〉を蚕の前に立て、注意深くガラスのパネルを回転させた。一ミリの誤差が大きな違いを生むのだ。姿が映ったので、冷たいガラスの中のその像を指先でつまんだ。生命を持ったぷにぷにした摩天楼のように威圧的で獰猛、致命的な存在ではあっても、美しかった。傑作だった。私はその大きさ、度を超した様に熱狂した。おそらく、これ以前には、こんな生き物がこの地面を踏みしめたことは一度としてなかっただろう。青い絹の生き物。かくも人工的で、かつ同時に自然な存在。熱狂すべき点はとりもなおさず、その巨大化のありかただ。これはまだミニチュアなのだ。ここからさらに大きさの制限のない自由が羽ばたこうとしているのだ。

直接見ようとして振り返った。近づいてきていた。顔は持たなかったが、そこにはぼんやりとした表情があった。生まれてきたことへの驚き、歓迎されていないという感情、落ちたくもない場所に落ちてしまったという感情が読み取れるように思った。許されるならこのまま何時間でも溜め息交じりに眺めていたかった。何と言っても、それが私の産み出した傑作だと考える動機が私にはあった。たとえ頼まれても、また同じものは決して作れはしないだろう。こんな色調の青色になるのも、素材の濃度のおかげだ。それぞれの細胞が現実と非現実との混合でできているという事実ゆえだ。私に見られて興奮したのか、虫はまた動き始めた。というよりも、止まることを知らないからというのが正しい説明なのだろうけれども。彼にとっては身震い程度のものをしただけで私たちのところまで届いてしまう。ネリーは私の背後に隠れた。野次馬は固唾を飲んだ。虫の巨大な塊の方に視線を上げた。五階建ての建物の高さだった。今だ。さもなければずっと無理だ。

起こるべきことが起こった。その瞬間、二つの山が重なる地点から、太陽の光が射し、まっすぐやって来て〈望外鏡〉のガラスに宿った。その黄色い点を使って小さな正方形を描くように賢くパネルを動かした。私は光の作用がクローン化された細胞にどんな効果を及ぼすかよく知っていた。そして実際、蚕は鏡の中の光の反射に再吸収され始めたのだった。実に急速、かつなめらかだったが、ただではすまなかった。〈望外鏡〉の骨組みは激しく揺すられ、壊れてしまうのではないかと恐れた。私は片側から精一杯支え、ネリーには反対側から支えてくれるように頼んだ。彼女は恐れを抱きつつも言うとおりにした。私たち自身が粉々に飛び散るのではないかと思われたが、持ちこたえた。そして蚕はどんどん吸収されていく……体で残っている部分が十分の一以下になったとき、私たちの周りにとぐろを巻いた。私は目を閉じた。するすると滑っていくものを感じた。ほとんど私にこすれていく。まぶたを閉じていても、青色が透けて見えた。まぶたを上げてみると、虫はもうすっかり中に入っていた……いや、正確に言うと、そうではない。青い物体の最後の断片が残っていた。それが、おそらく最後の一片だったからこそなのだろう、ネリーの側から乱暴なつむじ風が巻き起こり、そそくさとガラスの中に吸い込まれてしまった。その瞬間、女友だちの靴が飛ばされ、足に傷ができているのが見えた。

〈望外鏡〉は動きを止めた。ガラスを覗き込んだ。そこには透明な青い布の切れ端のようなものがあって、それが溶けて原子になり、太陽の金色の原子との激しい格闘にもつれていく。やがてそれが邪気のないじゃれ合いのようになり、芸術的にも見えたが、数秒で雲散霧消した。ネリーの足の血の滴も、飛びあがってガラスに達した。原子の束がそれをうずの中に巻き込み、透明さの奥底に消えていった。

私は身を引き剝がした。すべては終わった。観衆は拍手し、万歳を叫んだ。さらに街のあちこちから歓喜のクラクションが聞こえてきた。巨大な蚕の群れが一匹残らず消えた。朝の空気の中に溶解したのだ。人々はこれを一種の奇跡と取った。しかし、もちろん私はクローンとはこうしたものだと知っていた。一体が全体なのだ。

女友だちの足を調べてみると、おびただしい量の血が流れていた。そのときには男たちや子供たちが崖を下りてきていた。最初に着いた者たちが自ら申し出て彼女を担いで上がった。傷は深刻ではなかったが、救急看護室で包帯を巻いてもらった方がいいだろう。私も彼らの後について上がった。そして彼女を車に入れると、自分は予定通り朝の飛行機で帰ると告げた。彼女は空港に見送りに行くと約束した。

一九九六年三月八日

試練

La prueba

「ねえ、やらない？」

びっくりしたマルシアには何のことだかよくわからなかった。はっとして周囲を見回し、声がどこから来たのか確かめようとした……そんなに外れてはいないはずだった。たぶん、そこ以外には考えられない。声と視線の混じり合う、あの迷宮だ。迷宮だけれども透明で、はかなく、一貫性に欠け、かつ濃密、迅速、いささか野蛮なあの場所。何かを期待してしまうではないか……。

フローレス広場の三ブロック手前、通りのこちら側では若者の世界が、立ち止まったり動いたりしながら縦横に、そして上にも展開し始めており、その嵩の増し具合は見た目にもはっきりとしていくところだった。男の子の集団や女の子の集団がいっぱいいたが、どちらかというと男の子の方が多かった。フローレス映画館とその両脇の二軒のレコード店の入口の前の空いた場所にたむろして、道路に停められた車に背を向けている。学校がはけた後なので彼らはそこに集まってきているのだ。彼女もまた二時間前に学校を出たのだった（彼女は四年生だ）。といっても学校は十五ブロックも向こう、カバジートにあり、彼女はいつものごとくそこから散歩してきたのだ。マルシアは太りすぎで、脊椎に問題を抱えていた。十六歳ではそれほどのものでもないけれども、やがて大変なことになるかもしれなかった。よく歩くようにと誰に言われたわけでもないのだが、本能的に体のことを気遣ってそうしているのだ。他の動機もあった。主に習慣だ。以前、重い抑鬱症に悩まされ、その最大の危機が去ってからまだ日が浅いのだが、おかげで絶えず動いていないと死んでしまうのではないかと思うようになった。そんなわけで今では、惰性だか何だかわからない理由で、ただ動くために動いていた。ここまで歩いてきて、散策を開始した地点に近づいてくると、減速が始まったかのようだった。カバジートとここを分け隔てるリバダビア通りを長く歩いた後でこのもうひとつの若者たちの領土に入ってきたのだが、そうなると、足取りを緩めているわけではないのに、速度はますます減じるのだった。看板のたゆたう光線の攻撃に行く手を阻まれ、一歩進むごとに、それへの受け答えや受け流しのように振る腕は、小刻みに数えきれない波を打つのだった……通りに若者たちがごった返すフローレス広場は、彼らの物語を映し出す鏡のように、実際の舞台からはそんなに遠くではないけれどもいささか離れた場所に、夕方の散歩コースのすぐ先に、立ちあがってきた。ともかく、当然のことながら、こうして時間が少しばかり濃密さを増してきた。その物語から遠く外れたところでは、彼女は動きがあまりにも速いように感じていたのだ。無抵抗の空気中の物体のようだ。抵抗がありすぎてもいけなかった。ありすぎると止まってしまう。そんなことがかなり悲劇的な時期には彼女の身にもふりかかったけれども、それはもう過去のことで、ぼんやりとしたものになり始めていた。

まだやっと七時くらいだというのに、もう日は暮れていた。冬なので夜になるのが早いのだ。まだ真っ暗な夜ではなかった。それにはしばらく時間がある。進行方向の先で、夕暮れがマルシアを待ちかまえていた。通りの突き当たりには濃密な光があった。赤い、すみれ色の、オレンジ色の光だ。フローレス広場に近づいて、リバダビア通りが緩やかにカーヴを切ったところで初めて見えた。学校を出たときにはまだ明るかった。だが、そこからはあっという間だ。真冬だったら六時半には真っ暗だっただろう。季節は進み、今ではもう一年で日が一番短い時期とも言えない。それでも寒さは残っていた。夕暮れの訪れも相変わらず突然で、学校を五時に出たときには夜が近いと感じられたのだった。七時でも空には少し明るさが残っているに違いないのだが、街灯が明るすぎて、反対に空が黒く見えるのだった。特にフローレス広場近くの一番の繁華街に来ると、ショーウィンドウやら張り出し屋根やらの照明が明るかった。それとは矛盾するようだが、奥で沈みつつある太陽は赤々と輝いていた。ただし、今では赤くはなくて、灰色に発光する青い影のようなものになっていたが。こちらでは水銀灯の灯りが目にまぶしかった。おそらく、若者がたくさんいて見つめ合ったり話し合ったり、あるいは人待ち顔だったり声高に口論していたりするからだろう。これまで歩いてきた街区には人はほとんどおらず（ひどく寒かったのだ。だから友人たちとたむろするなどという不要な用件のある若者ではない連中は、家の中にいたがるのだ）、街灯の明るさはそれほど感じられなかった。そのあたりを歩いたころには時間もまだ早かったのも間違いない。時間が逆戻りしているみたいだ。真夜中から夕方へ、日中へと進んでいる。

彼女はそのことを実感しなかった。あるいは、それを感じるはずなどないのだ。というのも、彼女もそのシステムの一部だからだ。ともかく、そこにいる若者たちは時間を無駄にしていたのだ。それは彼らが幸せになるためのシステムだ。つまりそういうことであり、マルシアもそのことを完璧に把握していた。ただしそこに加わることはできなかったが。あるいは、できないと思っていたが。いずれにしても、彼女は魔法にかけられたその王国に入っていくところだった。王国と言ってもそこは場所ではなく、午後のこうしたことを引き出す瞬間のことだ。彼女はその王国に着いたと言うべきなのか？　それとも王国が彼女に追いついたのか？　彼女を待ちかまえていたのだろうか？　それ以上考えるのはやめた。それはもうそこにあったのだから。ここまで来た彼女は、散歩していたことを、光と闇の、沈黙と表情を変える眼差しの柔らかい抵抗にさらされながらある方向に向かっていたのだということ（確たる行き先があったわけでは決してないのだが）を忘れた。

皆が見つめ合っていた。出会っていた。そのために外出していたのだ。話し、叫び、秘密をささやき合っていたが、すべては目まぐるしい速さで消えていった。一つの場所に、ある瞬間に居合わせることの幸福とは、こうしたものだ。彼女はジグザグに歩を進めてそうした秘密が行ったり来たりしている輪を避け、その外側を通っていった。秘密とは、彼女が男の子か女の子かということだった。そうであっても、見つめ、見、皆から浴びせられる視線に乗っていくことは避けられなかった。集団のなかからしょっちゅう男の子と女の子が飛び出し、あっちへ行ったりこっちへ来たりしたと思うと、結局は元の場所に戻ってきて、身振り手振りをしながら話をしていた。この区画には人がたくさんいた。出入りもあったようだが、とりわけそうやって人数を保っているかのようだった。不安定な社会性があるとの印象を与えた。実際、彼らはそこに留まっていたのではなく、ただ通過中なだけだと言えなくもなかった。その点では彼女と同じだった。そこは抵抗のために人が集まる地域ではなかった。ただしそれが詩的抵抗、想像上の抵抗というのなら別だが。ともかくそうではなくてそこは、大小の笑いの巻き起こる柔らかな騒ぎのある地区だったのだ。誰も彼もが口論していた。馬鹿言ってらぁ！　何を言うんだ！　というのが一番多く聞こえてきた言葉だ。ただし、誰も喧嘩などしていない。何に対してもそんな言葉で非難していたが、それはそういうものなのだ。彼女が通るのを注視していたわけでもない。そこまで黙ってじっとしていることもできない人々だった。しかもそれは一瞬のこと、ほんの数メートルのことだったのだから。それでも彼女は進んだ。ガビラン通りを渡ると本物の大群衆が待ちかまえていた。角のそちら側は、巨大な菓子店ドゥンカンのあるところだが、ほんの少し薄暗かった。ここの方が人の数は多いようだった。そしてその連中こそ、典型的なフローレスの若者たちだった。長髪に革ジャン、歩道に停めたバイク。停滞した緊迫感が支配していた。閉店した雑誌スタンドがあった。隣には花屋の屋台があった。その二、三十メートル先まで、若者たちのグループがいくつも群れをなしてたむろしていた。群れの先には複合商業施設（ガレリーア）の入口があり、そこにはレコード店のテナントがあった。その地点で、これ見よがしな若者のグループは終わる。少なくとも、とりあえずは。次の角の薬局の前には、この時間にはいつも男の子たちの一団がいることをマルシアは知っていた。彼女はこの地区の一番特徴的な場所を前進し、先へ歩いていたのだ。しかしまだ今は手前の角にいた。ドゥンカンの角だ。バイクの若者たちのいっぱいいる場所……レコード店から音楽が流れてくる。ザ・キュアーだ。マルシアはこのグループが大好きだった。

　音楽のおかげで気分が変わった。表に出さなかったものの、昂揚した。前のブロックの二つのレコード店の音楽にはそんな反応は示さなかったのだから、ほかでもない音楽の質のおかげに違いなかった。ひょっとしたらずっと緊張していたのが終わったおかげかもしれないが。音楽はすたすたと通り抜けるために必要な抵抗する力だった。視線と声に包まれて移動していたが、それらが夜の中で絡み合っていた。夜だったのだ。昼は活動を停止し、夜が世界に存在していた。この時間、夏ならば真っ昼間だが、今は夜だった。眠る時間の夜、本物の夜ではなく、冬だけがそうなるような、昼にかかる夜だった。

彼女は自身の後光に包まれて歩いていた。彼女の十六歳の光輝だ。マルシアは金髪で短軀、太っていて、子供っぽさと大人びた様子を兼ね備えていた。ウールのスカートにゆったりとした青いセーター、紐靴を履いて、顔は歩いてきたおかげで火照っていた。ただしいつも赤みが差した顔ではある。動いていると自分が場違いなのがわかった。彼女のような女の子が珍しくない友だち同士の集まりの中で、おしゃべりしたり笑ったりしていれば、溶け込めただろうが、フローレスにはひとりも知り合いがいなかった。どこかに行くためにそこを横切らなければならない女の子という風情だった。カードを差し出されないのは奇跡だった。毎日、カードが配られているのだ。しかし今日はどういうわけかたまたま渡されなかった。カード配りが皆、ちょうど彼女が目の前を通る瞬間に、ことごとく気を取られていたようだ。幽霊のようだと、透明人間のようだと言ってもいいかもしれない。だがそのことで彼女は、ますます視線を集め、会話の対象となるだけだった……それを会話と言うことができればの話だが。何ものも彼女に向かってこないのは、その行く先があらかじめ消えているからなのだった。見知らぬ若者たちの雲の間で……。

「あんたに言ってるんだよ……」

「わたしに?」

「ねえ、やらない?」

二人の女の子が大きなグループ、というかドゥンカンの前にたむろしていたグループから離れ、彼女の後をついてきたのだった。追いついたのはまだそんなに遠くに行かないうちだ。マルシアはまだそこにいたのだから。ひとりが彼女に話しかけていた。もうひとりは付き添いで、少し後ろから注意深く様子を窺っていた。マルシアは、誰が話しかけてきたのかわかると、立ち止まり、じっと彼女を見た。

「馬鹿じゃないの？」

「違うね」

二人ともパンク少女だった。黒に身を包み、だいぶ若いけれども、彼女よりは少し年上で、ただ童顔で、青白い顔をしていたのだ。話しかけている方はとても近くにいた。

「あんた、ものすごくいいからさ、やりたいんだよね」

「頭おかしいんじゃない？」

もうひとりに目をやった。同じような格好で、ひどく真顔だった。冗談ではないようだ。知り合いでもない。あるいは少なくともそんな変装をしていると誰だかわからなかった。二人には、そしてこの状況にも、真剣さとイカレた感じがあった。マルシアは驚きで何が何やらわからないでいた。視線を外し、歩き続けたが、パンク少女が腕をとった。

「ちょうどあんたのような子を待ってたんだよ。クソデブをさ。面倒なこと言わないでくれよ。あんたのあそこを舐めたいんだ。まずは手始めにさ！」

すぐに腕を振り払ったが、結局はまた振り返って、応えた。

「異常だわ」

「暗いところに行こうよ」と言って背後のガビラン通りを指さした。そこは実際、真っ暗だった。大きな木に覆われていたのだ。「あんたにキスしたいんだ」。

「ほっといて」

先を急いだ。二人はそれ以上何もしなかった。あらかじめ諦めているみたいだった。ただし、話しかけてきた方は声を荒らげた。去りゆく者に対してよくやる手だ。といってもまだ近くにいたのだが。警戒が足りなかったのか、マルシアは、見知らぬ女が最初から大声で話していたことに今になって気づいた。周囲に聞かれていたし、笑っている者もいる。しかも若者たちだけではない。花屋の主人もだ。大人で、いい老人だったが、逃げるマルシアはその彼にほとんどぶつかりそうになった。彼はしげしげと眺めていたが、表情には出さず、反応に困っているようだった。反応は後で示すのだろう。客との四方山話でだ。そのときには「世も末だ」とか、「何があったと思う？」等々といった論評には事欠かないのだろう。「きっとドラッグをやってるのね」と客のご婦人たちは言うのかもしれない。まったく、あの子たちは周りに気を遣わないんだから！　マルシアはびっくりしてそう思った。無分別な人たち！　若さの無駄遣いよ！　やりとりを聞いた男の子たちはなんら気にしていないようだった。笑い、叫び、ひどく楽しそうだった。

二人はもうだいぶ後ろにいた。そのつもりはなかったけれども、少し歩を速めたのだ。音楽は大きくなってきた。先の方で、レコード店の入口にたむろする数人の男の子たちが興味深そうに見ていた。聞こえてはいなくても、内容は予測がついたに違いない。やりとりの正確な中味は知らないまでも、それが奇妙なものだったということはわかったはずだ。ひょっとしたら、二人が話しかけたのは彼女が最初ではなかったのかもしれない。あるいは他にもそんなことをする者がいたのかも。連中は四六時中こんな悪趣味な悪ふざけをやっているのかもしれない。振り返って見ることはしなかったけれども、二人のパンク少女はグループに戻って、笑っているのだろうと推測した。そしてもう次の犠牲者を待ちかまえているのかもしれなかった。

もう二、三歩前進したところで、マルシアは音響の最高点に達した。しかし、ここで音楽は方向を変えた。まるで本物になったみたいだった。音楽にあってはめったに起こらないことだ。本物になったように思えたせいで、彼女はそれを聴くことができなくなった。彼女もまた音響の最高点で考えていた。そんなわけで、同時に思考も本物になってしまったみたいだった。行く手にはまだ若者たちの一群がいたが、もう彼女を見てはいなかった。最初からそうだったのだ（出来事はほんの数秒のことだった。立ち止まったとすら言えないほどだった）。それに彼らは以前とは違い、もはやひとつの美、ひとつの幸福のしるしではなかった。別の美、別の幸福のしるしだった。

実際、何もかもが一変してしまった。マルシアは遅れてきた軽いショックに震えていた。心臓が口から出そうだった。びっくりして声が出なかった。といってもそれが気づかれることはなかった。独り言を言う習慣がなかったからだ。だがそうした効果も過ぎたことだ。前に終わっていたことだ。ショックが遅れてきたのは、出来事が起きている間はそれが展開する暇がなかったからだ。しかし遅れてきたとあっては、存在理由はなかった。それはもう虚構のショックになってしまっていた。マルシアはヒステリックではなかったし、神経質でもなかった。ショックを受けやすいわけでも、いつまでもくよくよ考えるタイプでもなかった。かなり冷静沈着で理性的だった。

いや、一変したわけではない。雰囲気が変わったのだ。現実の重みが。現実味が増したとか減じたとかが理由ではない。そうではなくて、今では何が起こっても不思議はないと思うようになったからだ。では以前はそうではなかったのだろうか？　以前は何も起こりそうにないといった感じだった。それが若者の美と幸福のシステムだった。こんな時間にそこに散らばっている動機だった。街区を、都市を、夜を現実のものにするやり方だった。突然皆が違う人になったのだ。まるで瞬時分散ガスが彼らを変えてしまったみたいだ。マルシアは考えた。何もかも、細部にいたるまですっかり変えてしまうなんて、信じられないと。カタストロフも天変地異も必要としないなんて……まったく逆だった。その瞬間、地震か洪水でもやってくれれば、それが物事を一切変えず、価値を保つ一番確実な方法になっただろう。

二人の女の子が、二人の女が、大声で彼女を呼び止め、淫らなことを言った。礼儀作法などには従うまいと自ら乱暴に決別した二人のパンク少女が……思いがけないことだったし、珍しいことだった……何が起こっても不思議はない。本当にそのとおりだ。そしてそれを起こしたのが、学校がひけてから、夕暮れ時の暇つぶしに出てきた何百人もの若者だった。なんでもありだ。昼間に夜のとばりが落ちることもありだ。地球を回転させ、カバジートからフローレスまでのマルシアの直線の道のり（リバダビア通りがカーヴを描いてることには目をつむることにする）を無限に遅らせることもできる。

マルシアは、彼女と同年代の子の中でも、誓ってもいいが自分は犠牲者だ、と考えるタイプだった。実際にはそうではなくても誓える。たぶん、だからこそ彼女が選ばれたのだ。そんなタイプは多いわけではない。ただし処女は多いけれども。処女の周囲にはある種の雰囲気が漂っている。彼女に漂っている雰囲気は、可能性、視線、時間、メッセージ……等々のものだった。そうは見えない場合があるとすれば、それは雰囲気が人よりも純粋で、透明で、何もかもが急速に流れて行くからだ。そう見える場合は、それが彼女の場合で、百万分の一くらいの確率なのだが、雰囲気が爆発して現実へと姿を変えることがあるからだ。彼女の周囲の顔、体のことごとくが、弛緩し、熱中し、自らをさらしながら、物語と物語への意図を担いでいた。まるで何百、何千の短編小説があって、彼女はその中を通っているような……。

五歩と行かないうちに完全に静かになった。心の中に狂喜の影ができたとでも言えばいいだろうか。それは現実のいわく言い難い効果だった。視線を上げると、通り中の照明がより緻密になった黒を背景に、彼女のために輝いていた。奥ではまだ空に光が残っていた。彼女たちが冗談で言ったのだったとしても、気にならなかった。冗談というのが一番のそれらしい説明だ。意図はどうあれ、言ったのだ。口に出して言ったことは取り返しがつかない。カチッと鳴らせば、何もかもが後ろにしりぞく。そんな風にして二人のパンク少女も、決定的に置いてきぼりにしたのだ。使い古された記号みたいなものだ。うまく利用した記号。利用のしかたがうますぎて、世界全土が記号の意味に変じてしまった。

だが実際には、二人は置いてきぼりにされてはいなかった。彼女はまだ二十メートルも進んではおらず、相変わらずザ・キュアーの鳴り響く範囲内にいたのだ。そのうち二人は彼女に追いついた。

「ちょっと待ちなってば。そんなに急いでんの？」

「え？」

「聞こえないのかい？　それとも、頭が足りない？」

マルシアは唾を飲み込んだ。立ち止まっていた。四分の一体の向きを変えると、正対した。さっきと同じで、話している方が前にいて、もうひとりは一歩下がり、斜に構えている。ふたりともひどく真剣な顔つきだ。

「怒ったかい？　何か悪いことでも言ったかな？」

「もちろん！」

「仲良くしようよ！」

「お願いだから、あっち行って。ほっといて」

「ごめんよ。怒ったなら謝る」。間。「どうした？　怖い？」

「わたしが？　なんで？」

見知らぬ少女は肩をすくめ、言った。

「あっちへ行けってのなら、行くけど」

今度はマルシアが肩をすくめる番だった。もちろん、誰かを傷つけたいと思ってはいない。しかし、彼女の責任ではない。

「冗談だと思った？」

ちょうどそんなことを考えていたところへのこの質問だったので、ある意味で答えなければとの強迫観念にとらわれた。そうでなければそのまま立ち去っているところだ。この短いやりとりには実に多くの出来事があった。よりはっきりしたことは、まったくの冗談というわけではないということだ。

「それもあるかと思ったわ」と彼女は言った。「でも今はそうは思わない」

「男だったら、考えてみた？　冗談だと思った？」

「もう少しだけ真剣に取ったかも」

特に何も考えずに答えたのだが、本当のことだった。相手は蔑みの表情を見せた。

「愛を信じない？」

「愛なら信じるわよ」

「あたしだって愛してるって言わなかったっけ？」

「真面目な感じではなかったのよ。じゃあね」

歩きかけた。

「ちょっと待ちなってば。名前は？」

「マルシアよ」

見知らぬ少女は彼女をじっと見つめた。真剣な、中立の表情だ。非常に濃密な沈黙があった。ただし、何がそんなに詰まっているのかと訊かれても答えられない濃密さだ。いずれにしろ、しばらく見守っていたくなるような類の沈黙だ。彼女も立ち去ろうとは考えなくなった。立ち去ろうとしてもできなかっただろう。数秒も続かなかったのだから。

「きれいな名前じゃん。ねえ、マルシア、あたしが言ったことは真剣だよ。一目惚れだ。完全に真剣なんだ。好きなように考えてくれていいんだけど……本当なんだよ」

「名前は何ていうの？」

「マオ」

「『毛（マオ）』って、馬鹿じゃないの」

「なんで？」

「なんででも」

「そう言わないで。なんでか教えてくれよ」

「説明できないわ」

「女同士の愛は信じない？」

「正直に言うと、信じないわ」

「でもね、マルシア、あたしはプラトニック・ラブの話をしてるんじゃないんだよ」

「ええ。それはもう最初からわかってるわよ」

「それでも信じない？」

「でもなんでわたしに？」

「自分でわかるだろう？」

　マルシアは目にいっぱい驚きを湛えて彼女を見た。

「あんたがあんただからじゃないか」とマオは説明した。「あんたがあたし好みだからだ」

　彼女と理性的に話すことは無理だった。もうひとりも同じようなものだろうか？　どういうわけか、マオは彼女の考えを読んだ。それとも視線を追ったのかもしれないが、簡単にもうひとりを紹介した。

「彼女はレーニン。あたしたちは恋人同士なんだ」

　もうひとりがうなずいた。

「でも間違わないでくれよ、マルシア。あたしたちはカップルじゃないんだ。自由なんだ。あんたと同じだよ。さっきあの角であんたを見たとき、恋に落ちた。彼女にだって同じことが起こるかもしれないけど、そうなったらあたしもついていくね」

「なるほど、よくわかったわ」とマルシアは言った。「でもわたしはそんなんじゃない。ごめんなさいね。さようなら。もうほっといてくれる? 待ち合わせがあるのよ」

「嘘つくなよ。もう少し時間をくれよ。セックスは嫌いかい?」

「よく知らない人と街中でそんな話をさせないで! 愛のないセックスなんていやよ」

「ねえマルシア、あんたちょっと誤解してるな。セックスの話なんてしないでくれよね。今はそんなこと言ってないんだから。あたしがやりたいのは、あんたと寝ること。口にキスして、あんたのそのおっきなおっぱいをチューチューして、お人形みたいにあんたを抱きしめて……ってそんなこと」

マルシアは血相を変えた。くるりと振り返り、これ以上ひと言も言わずに立ち去ろうとしたが、また大騒ぎされたら困るとも思った。

「わたしはレズビアンじゃないの」

「あたしだって違う」

間。

「ねえ、もう帰りたいの……」

声は少しばかり割れていた。マオはきっと彼女がもう少しで泣き出すのではないかと思ったに違いない。急に態度と声色を変えた。

「大げさに考えないでくれよ。あんたを取って食おうってんじゃないんだから。あたしは何も悪いことはしないよ、あんたには。だって愛してるから。わかってほしいのはそのことなんだ。あたしがあんたを愛してるってこと」

「なんでそんなこと言うの？」マルシアは囁き声で訊いた。

「本当のことだからさ」

「他の人だったらこっぴどくやられるわよ」

「でもあんたは違う」

「わたしはお馬鹿さんだからね。ごめんなさい、でももう帰りたいの」

「恋人は？」

今ごろになってそんな質問をするなど、間抜けだ。

「いないわ」

「ほらね？　他の人ならいるって答えるさ。ウェイトリフティングの選手で、角の向こうで待ち合わせなんだ、ってね。でもあんたは本当のことを言った」

「それが何の証明（プルエバ）になるっていうの？　わたしが自分で思っている以上に馬鹿だってことね。だからわたしはあなたたちを振り払うこともできないんだわ」

「ねえ、聞きなってば、マルシア。レーニンがいることがそんなにショックかい？　向こうに行ってもらって二人で話そうか？」

「いいの！　そうじゃなくて、向こうに行きたいのはわたしなの」と一瞬考えた。「友達にこんな仕打ちをして、恥ずかしくないの？『恋人』って言ったわよね」

「あたしだって彼女のためだったら何でもやるさ。もっとたくさんしてあげる。うんとたくさんだ。勘違いしないでくれよね、マルシア。あたしたちは馬鹿のカップルじゃないんだ」

「賭けでもしたの？」彼女たちがやって来た方向を見た。そんなこともあるかもしれないと、たった今、思いついたのだ。けれども誰もこちらを見てはいなかった。

「馬鹿言わないで。あたしはそんなちんけなやつじゃないよ」

そのとおりだと認めた。なぜかはわからなかったが、ともかく、認めた。

「そうね……」と微笑んだ。会話はもう充分に広がった。「会えて良かったわ……」

「マルシア、もうひとつだけ質問。もうこれだけ質問したんだから、もうひとつくらいいいだろ。愛ってなんだかわかる？」

「たぶん」

「恋愛経験は？」

「ないわ」

「もう少し踏み込んだ質問していいかい？」

「だめ。確認してくれてありがとう。つまり、あなたはそこまで野蛮ではないってことね。まるで本物のパンク少女ではないみたい、ってこと」

「三人で一緒にだったら寝たい？」レーニンが訊いた。彼女がはじめて口をきいたのだ。柔らかくて、心地いい声だった。

「あんたまで？」マルシアはがっかりして言った。

パンク少女たちが二人で喋りはじめた。

「そうしたい？」マオが言った。

「最初はいやだったけど、今ならいいよ、少しね」

「あたしたちとはだいぶ違う子だけど」

「今では好きよ。恋をしてもいいかも」

マルシアにとってはこのやりとりはいやではなかった。逆に、はじめてほとんど喜びを感じた。マオは決然とした表情で彼女を振り返った。まるで重要なことが何か起こったかのようだった。

「レーニンはいい子だし、熱い子だ。あたしはおかげでとってもいい思いをしてきた。いつも彼女の意見を聞くのは頭がいいからだ。あたしよりね。聞いたかい？　あたしの言うことを認めたんだ。決定的だね。前から決定的だったけど、でもあたしは少しばかり不安だったものでね。さて、どうやってあんたを説得しようか？」

答えを、具体的な回答を求める質問ではなかった。マルシアはそう考えた。

「もう帰らせて」

「だめだね。むしろ逆だ。うんと言ってくれよ。あたしの胸に飛び込んで来なよ。でもこのままじゃどうにもならないね。三人で話をしようか？　いろんなことをさ。恋愛のことじゃなくて。友達として。あんたたちみたいな子はどんな話をするんだい？　ウィンドウショッピングでもする？　待ち合わせがあるなんて言わないでくれよ。嘘なんだから。やろうなんて言わないからさ。ちょっと一緒に過ごすだけなら断れないだろう」

「何のために？」

「いろいろさ。人生を少しばかり豊かにするためとか、もっとよく知り合いになるためとか……」

「そうじゃなくて、あなたは何が目的でそうするの、ってこと」

「正直に言うよ。目的は時間稼ぎ。だってあんたが好きだから、あんたとやりたいから。でもそれは先延ばしにしてもいい」

マルシアは黙った。

「面倒でもあるのかい？」とマオが言った。

突然、マルシアは自由に感じた。ほとんど嬉しくなった。

「そうね……」迷いながら言った。「前からパンク少女と知り合いになりたいと思っていたのよね。でもチャンスがなかった」

「いいね。やっと話ができるようになった」

「でも変な期待しないでね」

「あたしに任せなって」

「それからもうひとつ、約束してほしいの。最後にさようならって言って立ち去るとき、わたしがそうすることになったときにも、ついてこないでね。それに騒ぎ出さないでね。それだけじゃなくて、たった今この場でさようならって言って立ち去っても、指一本動かさないって約束してね」

「いいかい、マルシア。そんなことだろうが何だろうが、約束しようと思えば簡単さ。でもしないよ。あたしは大騒ぎしないし、何も悪いことはしない。なんにもだよ。誓ってもいい。でも立ち去らせることだってしないんだ。約束したとして、それが愛だとでも言うのかい？　あんたのためにはなるだろうさ。それに何より、パンク少女と知り合いになりたいって言ったのはそっちだ。この機を逃すつもりかい？」マルシアが我慢ならないという表情をしたのを見て取って、手を上げて喧嘩はなしという仕草をして、つけ加えた。「最初の協定に戻ろう。別の話をしよう」

「プンペルに行こうよ」とレーニンが言った。

　その場で、ブロックの半ばで、道を渡り始めた。車の間を縫って歩き、二人を引きずる格好になった。奇跡的に車に轢かれることはなかった。マルシアは横目でマオを見た。マオは何かに気を取られていた。別のことを考えているみたいだった。マルシアはマオがどんなときもにこりともしなかったことに感心していた。マルシアはいつも微笑んでいたが、それは緊張するからだった。そしてその自分の癖をひどく嫌っていた。

　中に入ると、プンペル・ニックの店内は白い光の炎に包まれていた。暖房がいっぱいに効いていた。三人は一緒に入店した。あるいは、まったくの同時ではなかった。不規則な列になって、マオが最後だった。ひょっとして、逃げるのを恐れて、二人で彼女を挟み撃ちにしていたのだろうか？　まったくそうではなかった。三人づれの友人のように入っていったのだ。二人は同じタイプ、もうひとりは別のタイプの友人同士だ。マルシアは落ち着いていたし、ほとんど満足してもいた。対決の場面が終わったらしいことでほっとしていた。新しい局面、もっと普通で、予測可能な局面に入ったようだった。客は多くなかったが、全員の視線を一身に浴びた。人は常にパンク少女に興味を掻き立てられるのだ。二人が前を歩いたので、マルシアは彼女たちをしげしげと眺めることができた。他の客の視線に同化したのだ。二人は頭の天辺から爪先まで黒ずくめだった。軽い素材の黒いパンツに、マオは重い、あまり見ない生地のTシャツの上に男物のジャケットを羽織り、黒い靴をはいていた。レーニンは着古した革ジャンに紐のないショートブーツを履いていた。どれも黒だった。さらには二人とも嘆かわしい趣味のメタルのネックレスをさげ、腰と手首にはチェーンを巻いていた。髪は途中までスキンヘッド、残りの半分が長髪だった。黒髪で、赤やレンガ色、紫色の毛束が混じっていた。挑発的で、世界を破壊して回る、危険な存在(と思いたがった、自分たちでは)。ハンバーガーを食べ、炭酸飲料を飲んでいる若者や年配の者、子供たちからなるいたって普通の客はどう思ったのだろうか? 侵略され、威嚇されたと感じるのだろうか? 彼女たちと一緒にいることで、仲間内にしかわからないあり方や考え方に近づけるということで、自分はうらやましがられているのではないかと考えると、子供じみた満足感を禁じ得なかった。ひょっとしたら幼馴染みだと思うかもしれない。その後、他の二人と彼女とでは別々の人生を歩むことになったけれども、再会してこれまでどんなことをしてきたのか、積もる話をしようとしていると、そう取られるかもしれない。それとも(それが何よりも一番論理的だ)彼女もまたパンク少女だと思われるかもしれない。ただ服装と髪型が因襲的なだけだと。歩を速めて他の二人に追いついた。間違ってたまたま一緒に入ってきただけだと思われないように床磨き機をかけている店員がいたが、彼女たちはそのケーブルの存在を無視するように踏んだ。マルシアは踏まなかった。避けるのが当たり前だと思っていた彼女には、二人の奇抜な行動は超自然的に思われた。わざとやっているというのなら話は別だが、しかしそうも見えなかった。

広間に続いて左側にはテーブルの置かれた長い通路があり、それが二つ目の広間に通じていた。そこではその瞬間、子供たちのお誕生日会が開かれていた。先頭を行く黒服の二人は通路のそれほど遠くまでは行かなかった。中ほどの大きなテーブルに腰かけた。幸いにも前後のテーブルには客はいなかった。いずれにしろ、音楽とお誕生日会の子供たちの大騒ぎで、彼女たちの声が聞こえる危険はなかったのだが。困るのは、自動的に決められたその座り方だった。マオは壁に背をもたれ、足をもうひとつの椅子に投げ出した。その列は彼女ひとりで占めることになり、マルシアは正面に腰をおろした。隣にはレーニンがいた。一種決定的な状況で、面と向かって話さざるを得なかったが、そのことについて議論はしなかった。最初にマルシアが口にしたのは、まだ腰かけている最中のことだが、本能的に出たことだった。

「カウンターで注文しなきゃ」

「知ったこっちゃないね」とマオが言った。

マルシアは状況が通常の方向に旋回していくのではと考えたのが甘かったのだと気づいた。まるで界隈の学校の仲間みたいにグループでプンペル・ニックに入っていったということは、皆と同じように振る舞うつもりなのだと考えてしまったのだ。せめてそのふりだけでもするのではないかと。だが、そんな振る舞いはしなかった。何かを注文する気などなかったのだ。それはそうだろう。パンク少女たちは普通の消費行動はしない。そういえばマルシアは前に一度、パンク少女たちが一リットルの瓶ビールを、ビルの入口のところでラッパ飲みしているのを見たことがあった。

「何も注文しなきゃ追い出されるわよ」と言った。

「ひと言でも何か言えるってのなら、言ってもらおうじゃないの。望むところだ」マオは周囲を心の底から蔑んだような目で見た。

「大騒ぎはなしって言ったわよね」

二人は中立的で真剣な表情で彼女を見つめた。何も表現していないその表情は、それだけで暴力だった。彼女たちは暴力なのだ。そこから逃れることはできなかった。衆人環視の中で二人のパンク少女と一緒にいるということは、ぼんやりとしているときに想像したほど簡単なことではなかった。その他の種類の外れ者と一緒にいるのとはわけが違った。他種の外れ者ならば、質問攻めにするのに都合のいい舞台は用意することができた。それができないのは、彼女たち自身がそれだけで舞台だからだ。マルシアは諦めた。以前にこのプンペルに足を踏み入れたことはなかったけれども、追い出されたりしたら、もう二度とまた入店することはできなくなりそうだった。

しかし、マオという名の方があることを思いつき、それを隠さず伝えた。

「マルシア、あんたは何か飲むかい？　コカ・コーラか、ビールでも？」

そこにある種のおかしさがあった。「何か飲むかい」と誘われたのだ。古典的な口説きの手順を踏襲しているのだ。

「マルシア、いったい何をそんなに笑ってるのか教えてくれるかな？」

「いつだったか夜にポルセルがしていたとってもおかしな小話を思い出したの。新聞売りの例のコントでやっていたの。スペイン人のじいさんが出てきて、サン・フェルミンでの出来事を話すの。牛が二頭放たれ、彼は走り始めた。彼は追ってくる牛から走って逃げた。彼が前、牛が後よ……ある角まで来たとき、王様が通りかかった。彼は良き臣民らしくお辞儀をした……すると牛が……それで太っちょポルセルが訊ねるの。ずいぶん気が早くないかい？　その前に何か飲もうと誘いもしなかったのか？」

彼女は笑い声をあげたが、二人はそれには同調しなかった。微笑みすらしなかった。

「ポルセルって誰だい？」レーニンが訊ねた。

「太っちょポルセル知らないの？」

「テレビに出てるやつさ」マオがレーニンに説明した。

「そいつが太っちょなんだね？　だったらその名前は『豚の（ポルシーノ）』って意味なんだろうね」

「ねえ、どうしても知りたいんだけど」とマルシアは言った。「小話の面白さわかった？」

「ああ」とマオ。「牛が尻に角を突っ込んだってことだろう。それが面白いってのならの話だね……」

「聞いた時には、掛け合いがうまくておかしかったんだけどな。まあいいわ。わたしにはうまく小話なんてできないのね」

　マオは溜め息をつき、居住まいを正して彼女に正面から向かった。あまりにも下らない話題だが、仕方なしにつきあうか、といった風情だ。

「あんたの話はうまかったよ。でもいいかい、こんな話は大して面白くもないんだ。あんたは自分にだったらきっとうまく小話を話せるんだろうね。いつも笑ってるじゃないか」

「わたしが笑うのは緊張するからなの。楽しんでるんじゃないのよ。今回だけじゃなくて、いつもそう。どんなに恐ろしいことが起こっても真顔でいられる人ってすごいなと思う」

「皮肉なもんだね。マルシア、あんたはとっても頭がいいのに。あたしは頭のいい人と話すのは好きだよ。いろいろあってさ」

「頭のいい友達はいないの？」

「あたしには友達なんかいない」

「あたしだって」とレーニンも言った。

話題を変えた方がよさそうだった。

「あなたたち、本当にテレビ見ないの？」

答えすらなかった。マオはまた無視するような姿勢になった。本当に責任者は何をグズグズしているのだろうといぶかられた。足を椅子から下ろすように、何も注文しないならば出ていくようにと注意しに来ないのだろうか。マルシアは広間に背を向けていたので、彼女たちを追い出すための準備が着々と進められているのが見えなかったのだ。

「ともかく」とマオは言った。「あんたにおごることはできないんだ。カネがないからね」

「わたしは持ってるわ。でもビールとかハンバーガーとか買えるほどかどうかはわからない。ここは高いから……」

二人がまったく聞いていないのに気づいて、動きを止めた。沈黙があった。

「ありがとう、マルシア。気にしないでいいよ」

「なんでいつもわたしの名前を繰り返すの？」

「気に入ってるからさ。説明できないくらい好きだから。女の子たちにつける馬鹿みたいな名前の中ではたったひとつだけ気に入った名前だからさ。そのことに今気づいたんだ」

「どんな名前も嫌いなの？」マルシアは、このままではまた愛しているとか何とか始まると見て、質問でそれを封殺した。

「どれひとつとして好きなのはないね。ちゃんちゃらおかしくて」

「あなたたちは本名は？」

「ないね。マオとレーニンさ」

「そのくせ普通の名前はちゃんちゃらおかしいとか言うわけ！　わたしならあなたたちにどんな名前をつけるかっていうと……アマリアでしょ……それにエレーナ。あら不思議、わたしの好きな名前ふたつだわ。わたしも今気づいたんだけど」

「そんな名前じゃないよ」レーニン＝エレーナが言った。まるでマルシアが本当に当てっこをしようと言っているみたいに。

しかしマオ＝アマリアが突然、警戒の姿勢を見せ、テーブル越しに黙るようにと合図した。

「アマリアにエレーナって名だったほうがいいかい？　ってのも、それがいいってのならそういうことにしてもいいからさ。あたしたちはぜんぜん気にならない」

「本当に？　気分次第で毎日名前を変えられる？　一緒にいる人物の気に入る名前とか？」

「それは違う。その場合は、あんたの言うその『人物』とやらがいちばん嫌がる名前を選ぶだろうね」

そう言ったのはレーニンだった。少しばかり皮肉な調子で言ったので、何に対しても真顔で接する彼女たちの表情の上に新鮮な要素が加わったみたいだった。マオが彼女を見て次のように宣言した。

「その気になったときにいつでも名前を変えるわけではないという意味ではないんだよ。マルシア、いいかい、明日からあたしたちは、レーニンとあたしは『マルシア』と名乗ったっていい。どうだい？」

「なんで明日からなの？」マルシアが訊いた。

「明日はあたしたちの人生でとても大切な日になるからだ」と不可解に言った。

しばらく黙り込んだ。マオは彼女をじっと見つめた。マルシアは視線を外したが、その前にとても奇妙なことに気づかずにはいられなかった。その瞬間、それが何なのかはわからなかった。沈黙は長引いた。まるで三人とも同じことを考えていながら、誰ひとりとしてそれが何なのかわからないようだった。しまいにはマオが、辛い仕事を引き受けるみたいに、でもやさしく、マルシアに言葉をかけた。

「あたしたちの何が知りたいんだって?」

マルシアはどんな質問をしたかったのだったか思い出そうとする間もなかった。それというのもその瞬間、プンペルの責任者が現実に姿を現したからだ。髪を金髪に染め、黄色いシャツにグレーのミニスカートをはいていた。

「何も召し上がらないようでしたらお帰り願います」

マルシアはちょうど今アイスクリームを注文に行くところだったと言おうとした(その瞬間に思いついたことだ)のだが、口を半開きにしたまま一音も発することができなかった。マオが先に言葉を発したのだ。

「あっち へ行け、ババア」

責任者は口をぽかんと開けた。だが、考えてみれば、こう返されるのは当然だった。力強い女のようだった。とても魅力的で、二十五歳くらいだろうか。立派な女性だ、とマルシアは診断を下した。黙って引き下がりはしないだろう、と。

「何ですって?」

「あっちへ行け。ほっといてくれ。取り込み中なんだ」

「まずは椅子から足を下ろしなさい」

マオは両足を椅子に載せ、力を込めてこすった。

「これでいいかい？　さあほっといてくれ。あっち行け」

責任者は踵を返し、遠ざかった。マルシアは呆気にとられた。パンク少女たちのすごさを認めないわけにはいかなかった。理論上は、客も行動を慎むようにと注意を受けることがあると考えないわけではなかった。けれども、現実には彼女はそんなふるまいをしようとしたことはなかったし、考えたことすらなかった。現実はつきつめると思考よりも論理的なのだ、と彼女は独り言を言った。


瞬間的にそんなことを考えた後に我に返ってみると、プンペルがまったく性質の違うもののようになっていた。向かいの街角で女の子二人に声をかけられてからというもの、この種の感情を持つのは初めてではなかった。あれから十五分と経っていないのに、世界は二度、三度と姿を変えてきたのだった。まるで変わることが彼女たちの生み出した効果の変わることのない性質みたいだ。論理的に考えれば、その効果とていずれは失効してしまうのが普通だ。誰ひとりとして変わることのないびっくり箱にはなり得ない。それに目の前の二つの事例は風変わりではあるけれども、その下にある基盤はわずかなものだということは、簡単に見て取れた。俗っぽい不良少女が、あるひとつの役を演じているというだけだ。劇が終わってしまえば、何も、どんな秘密も残りはしない。化学の時間と同じで、退屈なのだ……けれども、逆の考えもできた。ただし、なぜかはわからないけれども。その考えとは、ひとたび世界が変わってしまったら、もう変化は止まらないだろうというものだった。

「ちょっと待って」と言って立ちあがった。「アイスを頼んでくる。これでもう邪魔されることはないでしょう」

「そのためだけなら」とマオが応じた。「気にすることはないさ。誰もあんたの邪魔はしない。あたしたちが相手するから」

「でもわたしはアイスがほしいのよ」と言った。半分だけは嘘だった。「あなたたちは要らない？」

「欲しくないね」

正面のカウンターに行った。客対応の女の子がコーヒーや茶をいくつか注いだり、ケーキを取り分けたりする間、しばらく待つことになった。入口は隣にあったので、出ていくことは簡単にできただろう。角まで走って逃げるか、バスに乗ってもいいかも……中を確かめると、二人はこちらを見てもいなかった。けれども、逃げる気はなかった。あるいは、もっと正確に言うと、逃げる気はあったけれども、その前にもう少し彼女たちについて知りたかったのだ。そんなわけで、順番が来るのを辛抱強く待ち、チョコレート・コーティングのアイスを頼み、盆に載せて席に戻った。ふと気づけば、本当に食べたくなっていた。冬に食べるアイスクリームはものごとにアクセントをつけていた。半分だけ本当だったことが完全に本当になってみると、さらにもっとアクセントがついた。さっき詰問した責任者が傍を通った。やることがあって、急いでいたらしく、彼女には目もくれなかった。まるで誰も彼もが別のことを考えているみたいだったし、実際そうだった。結局のところ、ある程度時間が経てば、誰もが別のことを考えるものだ。アイスクリームと一緒になって、その考えはより確信されるのだった。友だちの間に座り、一口食べた。

「おいしい」と言った。

他の二人は彼女をぼんやりと、まるでだいぶ離れたところからのように見つめていた。彼女たちも別のことを考えているのだろうか？　自分たちの目論見など忘れてしまったのだろうか？　マルシアは少し落ち着かない様子でチョコレートの殻を引っ掻いたが、待つまでもなくすぐにまた話題に戻ることになった。

「マルシア、何を質問しようとしたんだい？」マオが思い出させた。

「正直言って、特に何ってわけじゃないのよ。それに答えてくれるとも思わない。質問して答えてっていうやり方で確実に何かを知ることができるってわけでもないし」

「どういうこと？」

「抽象的な言い方をすると、わたしが知りたいなと思っているのは、パンク少年やパンク少女が何を考えてるのか、なんでパンクをやるのか、とかそんなこと。でもわたしはわたしで、なんでそんなこと知りたいの、それが何になるの、とも思ってるのよね」

何もかもそのとおりだった。いたって理に適っていた。そのままずっとその路線で通して、状況を「マルシア化」してもよかった。そう思ったのは甘かった！　マオはたった一刺しで膨らんだ風船の空気を抜いてしまった。

「マルシア、あんたは馬鹿だね」

「なんで？」でもすぐに言い直した（言い直すことができないから言い直した）。「そうよ、わたしは馬鹿よ。あなたの言うとおり。パンク少女がどんなかって知りたかったら、きっとパンクになればいいのよね。それからなんでわたしがそれを知りたがっているのかもわかるでしょうね」

「そうじゃないさ」とマオが口を挟んだ。おかしさからでは絶対にない皮肉な笑いを軽く浮かべている。「完全に取り違えてるんだよ。あんたは自分で思ってる以上の馬鹿だ。あたしたちはパンク少女じゃないさ」

「じゃあ何？」

「言ってもわからないだろうね」

「それに、だ」レーニンがやさしく割って入った。彼女のやり方は相棒のものほどぶっきらぼうではない。「あんた自身がパンクになるなんて、そんな考え自体が馬鹿げたことだとは思わないかい？　あんたが、だよ。鏡見たことないの？」

「それはわたしが……体重が重いってこと？」マルシアは傷ついて訊いた。隠そうとしてはいるが、隠しきれなかった。

レーニンはほとんど笑いそうに見えた。

「逆だよ……」

「逆だね」マオが激しく繰り返した。「自分で気づかないのかい？」

しばらく待った。マルシアの不安は空中を漂った。

「あんたの言うとおりだね」レーニンはマオに言った。「信じられないほど馬鹿だ」

マルシアはアイスクリームを一口食べた。話題を変えても許されるだろうと感じた。

「あなたたちがパンク少女じゃないってどういうこと？」唯一の反応はマオの舌打ちだった。

「たとえば、ザ・キュアーは嫌い？」

謎の質問だった。レーニンが不承不承、訊き返した。

「なんだい、それは？」

「イギリスのバンドよ。ミュージシャン。わたしは好き。ロバート・スミスって天才」

「一度も聴いたことないね」

「あの馬鹿野郎だよ」とマオが言った。「口紅引いて顔に白粉塗ってるやつ。雑誌の表紙で見たことあるな」

「能なしだ」

「でも派手でいいのよ」マルシアがぶつぶつと言った。「つまり……挑発なのよ、単なる。好きでお化粧しているわけじゃないと思う。見た目は彼の体現する哲学の一部なのよ……」

「能なしは能なしだ」

「ヘヴィ・メタルが好きなの？」

「なんにも好きじゃないね、マルシア」

「音楽は嫌い？」

「音楽はヘボだ」

「フレディ・マーキュリーもヘボ!?」

「もちろん」

「ずいぶんニヒルなのね。本気でそう考えているなんて思えないわ」

マオは目を半ば閉じ、何も言わなかった。マルシアは再攻勢をしかけた。

「じゃあ何が好き？」

マオはなおも目を半ば閉じたまま（もうほとんど閉じていた）何も言わなかった。代わりにレーニンがため息をつき、言った。

「あんたの待ってる答えは『何も』だ。でもあたしたちは『何も』とは言わない。質問を続けたければ続ければいいいさ。どこにも行けやしないけどね」

「参ったわ」

「よく言った」とマオが言った。力を抜き、目を開け、周囲を見回した。「ひどい店だな。知ってるかい、マルシア？　こういった店の店員は女の子ばっかりだ。それにきっとみんな独身。そうでなきゃ採らないからだ。で、少なくともひとりは妊娠している。いつだって少なくともひとつ、悲劇が進行中なんだ」

話を聞きながら、「フェミニストなのね」とマルシアは考えた。自動的に出てきた結論で、仮のものではあったが、少しがっかりした。アイスクリームから目を上げると、デッキブラシをかけていた制服の女の子と目が合った。彼女たちへの好奇心を包み隠そうともせず、じろじろと眺めてきた。とても若い、彼女たちと同年配の女の子だった。金髪で太め、赤みが差して素朴な顔立ちはヨーロッパの農民のようだった。マルシアは彼女にしげしげと見つめられ、落ち着かなかった。というのもその子は驚くほど彼女に似ていたからだ。ふたりは同じタイプなのだった。説明のつかない衝動に駆られて、彼女を他の二人の目から隠してしまいたいと思った。彼女を過小評価したのだ。二人ならばそれだけがこのタイプに対する唯一の切り口でないことに気づいただろう。だがパンク少女たちはその時は別のことを考えていた。その子を見たのだが、二人が似ていることには気づかなかったのだ（実際のところ、二人は似ていなかった。むしろ同じタイプだといった方がよかった）。マオが言った。

「まあ見てな」そして女の子を呼んだ。すぐにやって来たので、その子に向かって言った。「ここで働いてる妊娠した女の子にガウンと靴下を持ってくる約束したんだよね。でも名前忘れちゃった。何て言ったかな？」

「妊娠した子ですか？」

「そう。言ったろ？　聞いてねえのかよ？」

「妊娠した子はマティルデです」

「……？」

「色黒で、背の高い」

「そう、それだ」マオは嘘をついた。

「早番なんです。もう帰りました。三交代制でローテーションを組んでるんです……」

「どうだっていいや。ありがとう。じゃあな」

「何かお預かりいたしましょうか？」

「盗もうってのかい？　やなこったね。さあ、あっちへ行ってくれ」

女の子はできればもっと話していたいようだった。マオにつっけんどんに扱われてもちっとも傷ついてはいないみたいだった。

「どんなお知り合いですか？」

「あんたの知ったこっちゃないだろ！　もう行っとくれよ。こっちにゃこっちの話があるんだから」

「わかりました。怒らないでください。そちらから質問されたんですから」

「あんた、名前は？」レーニンが訊ねた。

「リリアナです」

「給料はどんくらい？」

「普通です」

「あんたたちは馬鹿だね」とマオが言った。「何のために働いてるのか、理解できない」

「家計を助けているんです。それに学費も必要だし」

「何を勉強するんだい？」

「医学」

「笑わせんなよ。そんなことより床磨いてな、ドクター」とマオは言った。

「その前に高校を終えなきゃならないんだけど」

「ああ、もちろんだとも。小学校もな」

「ううん。小学校はもう終わってる。今は高校三年生。ここが終わったら学校に行ってるの。夜間部。前進するために身を粉にしているのよ。この国の問題は誰も働きたがらないことね」

マオは席で背伸びをしてから、リリアナと正面から向き合った。

「あんたは本当にむかつくんだよ。あっちへ行け。殴られたいか」

「なんで殴られなきゃならないの？　それに、そうなったらわたしだって身を護るわ。負けん気が強いんだから」

こんなことを言う間も、夢遊病者のように謙虚だった。半ば馬鹿みたいな、半ば単純そうな感じだった。ある一点においてマルシアには似ていなかった。まったく微笑まなかったのだ。床磨きに戻り、遠ざかって行った。でもまるで、今すぐ戻ってくるわよ、と言っているみたいだった。

「まったく馬鹿だ」とレーニンが感想を言った。

「なぜ？」とマルシアは言った。「きっと彼女のような人はたくさんいるわよ。働きながら勉強して……恋人がいるかどうか訊くべきだったわね」

「ひどくみっともない体してたろう！　あんな怪物と誰がやりたがるかよ！」

マルシアは驚きに次ぐ驚きを感じていた。驚きから驚きへと驚きの中で移動していた。そもそも彼女にはリリアナはみっともない体には見えなかった（逆にまったくの普通に見えた。あまり輝きのない人々に備わった、自分自身を深く確信している普通さだ）し、それだけではなく、何より自分自身の分身のように思えたのだ。マルシアは典型的な若者で、典型的な若者らしく恋愛を一般的なタイプの問題としてしか受け取れないでいた。人はひとりの個人の中に収束している特徴のまとまりに恋をすると思っているのだ。そしてその特徴のまとまりは他の人にも収束することがあるのだと。そういった特徴を持った人に出会うか否かの問題だと。若い連中にとっての恋愛など、そういうものだ。そしてそれだからこそ、若者はあんなに落ち着きがなく、仲間と群れるのだ。だからあんなに物欲しげなのだ。恋はいろいろなところに、いたるところに転がっているかもしれないからだ。世界全体が彼らにとっては恋なのだ。

それにしても、パンク少女たちは彼女のようなタイプに恋したことはないというけれども……それならばどんなタイプに？　どこに鍵があるのだろう？　マオは彼女を待っていたと言ったのだった。一目見てすぐに彼女の愛するタイプだとわかったと。それはつまり、どんな子か、どんな子でなければならないかわかっていたということではないか。それなのに今度はこんなタイプではないと言っている。

不確かな思いのまま、リリアナの擁護に出た。

「あなたは間違ってる」とマオに言ったのだ。「彼女はみっともなくなんかない。醜くはないわ。賭けてもいいけど、きっと恋人がいる。だめ、呼ばないで」相手が動いたのを見て言った。「彼女がどう答えるかは問題じゃないの。ねえ、本当のことを言って。彼女は彼女なりに可愛くない？　子供っぽくて馬鹿みたいだけど、ああいうタイプを好きな男の子はたくさんいるわ。たとえば、守ってあげなきゃって気になるとか……」

「あたしは虫みたいに潰してやりたいって気になるけどね」

「ね？　それよりはましだってだけで結婚する人だっているわ」間を置いて、それからさらに賭けに出た。「それだからわたしも独身では終わらずにすむのではって思ってるんだけどね。彼女がわたしと同じタイプだって気づかなかった？」

マオの差し向けた視線に血が凍った。ずっと考えを読まれていたのではと思い、ぞっとした。それだけではない。こんな話になったのも彼女の思惑通りだったのではないだろうか。すべては彼女がサディスティックに導いてきたのではないか。急いで話題を変えた。

「どうしてそんなに攻撃的なの？　あんな風に相手して、脅すなんてどういうこと？　やさしい子じゃない」

「根本的にはやさしい人なんていない」とレーニンが言った（相棒は遠慮して、もっと大切な意見の表明のために控えているようだった)。

「それは思い込みでしょう。そんな風に言ったり振る舞ったりしたら、そりゃあ誰だってあなたたちにはやさしくできないわよ。もっと楽天的になったらどう」

「馬鹿を言うな」とマオが言った。どうやらもっと大切な意見表明のときが来たと見たようだ。「あんたは演技してるんだ。あの惨めったらしい子のまねして『身を粉にして……』なんて。あいう種類の連中は破壊しなきゃいけない」

「どうして？」

「苦しんでるからだ。これ以上苦しませないためだ」

「でもあの子は苦しんでなんかないわ。医者になりたがっているのよ。幸せになりたいんだわ。あの子は……無垢なのよ。わたしにはとっても可愛らしくていい子に見えた。わたしにできるなら助けてあげたいくらい。あなたたちみたいに侮辱したりはしないわ。あの子はきっと、人は根本的にはやさしいって思ってるし、あなたたちにあんな扱いを受けた後でも、そう思いつづけている」

「好きに思えばいいさ。でもあたしなら機会があればあいつの背中にナイフを突き立てるね」

「ううん。そんなはずない」

「やれってのならやるさ。あたしに助けろって言われたら喜んで背中にひと突きするね。その方が医者になるのよりよっぽど有益だ」

「少しわかったと思うわ。ほんの少しね」とマルシアは言った。「あなたたちは悪が世界を支配すればいいと思ってるのね。無垢を破壊したいんだわ」

「つまんないこと言うなよ」

「何もしたいとは思わないさ」とレーニンが引き取った。

「何も？」

「その種のことはどれも。そんなもの無益だから」

無益？　これで言質を取った。彼女は続けた。

「つまり他のし方、他の行動があるということね、もっと有益な。それはどんなの？」

「言葉尻を捉えて話を膨らますんじゃないよ」とマオが言った。「それこそ無益さのいい例だ」

「じゃあ有益ってどういうこと？　生きることは何の役に立つの？　お願い、教えてよ」

「あんたは今リリアナの弁護に回ってる。あんた自身に戻るまで話すつもりはないね」

ある意味で、そのとおりだった。ただ違いは、マルシアは役柄を替え、キャラクターになりきらないと前へは進めないと考えてはいないということだった（前へ進めないのはこのときばかりの話ではない。いつものことだ）。でもそうしなければ袋小路に入り込んでしまう。崖っぷちに向かってまっしぐらだ。彼女は怖くなって固まった。その瞬間、この怖さというのは正面から対峙しなければいけないもの、受け入れなければいけないものだ、という考えが浮かんだ。それこそがパンク的ニヒリズムの教訓なのかもしれない。けれども、そんなことは信じられなかった。一方では、話し相手二人は教訓など何も差し出せないと拒否するだろうからだ。もう一方では、こんな風な変装をしたこの二人こそが、そういう精神的態度に対する反証になっているからだ。とはいえ、あまりにも突飛な考えを持っているというわけでもない。あらゆる価値をひっくり返してやるぞとの意気込みで動いているということだ。

「わかったわ」と彼女は言った。「でもリリアナの役をやめる前にひとこと言っておくわ。わたしが肩入れしたのは、彼女が無垢だからよ。馬鹿っぽさがあって残念だなんて思われたとしても気にならない。ともかく彼女は無垢だし、わたしは彼女と同じくらい無垢になりたいの。ひょっとしたらもうそうかもしれない。あなたたちは誰も彼女とはやりたがらないと言うけど、それはまったくの間違い。まあ、どうだっていいことだけど。彼女が処女だったとしましょう……わたしもだけど」間ができた。それは崖っぷちではなかったけれども、彼女には充分そう思われた。「あなたたちに問い詰められたときには、わたしはまだ誘惑ってのがとてもつつましやかで、ぜんぜん目に見えない世界に住んでるんだと思ってた。通りで話されていることも起きていることも、何もかもが誘惑のサインで、誰もが処女を誘惑して回っているのだけど、でも誰ひとりとしてわたしを誘惑しない、わたしの名前は呼ばないって。そう思っていたところにあなたたちが現れたの。そんな風にぶっきらぼうにね。ねえ、やらない？　なんて。まるで無垢さが人の姿になったみたいだった。正確に言うと、あなたたちの姿になったのでもないし、わたしの姿になったのでもないのよ。状況というか、言葉に姿を変えたみたい（うまく説明できない）。世界はその昔、喋ってはいたけれども、何も言ってはいなかった。でもそれから何かを言って、そのとき仮面も剥いだ。するとほら、それがリリアナだったのよ。彼女はまさにそれを体現するために来たの。それでも偶然は存在しないっていう考え方もあるでしょうけど。彼女はいたって自然に自分の生活について話して、それはもうひとつの言葉の奪い方だったのよ。お望みとあらば、あなたたちのし方よりもよっぽど乱暴なね。最初のうちは、彼女はわたしを青ざめさせようとしているのかなって思ったわ。あまりの対比でね。ところが現実にはあなたたちがちっちゃくなっちゃった。でも深いところではそれはおなじ無垢さなのよ。そしてその無垢さだけは、わたしも理解できるの」

「それってつまり、あんたは何にも理解できないってことだろう」とマオが割って入った。むしろ距離を取りたがっているような不快な表情だった。彼女に特徴的な表情だ。「何も言うことはないやね」

「どうして論理立てて話すのを拒むの。わたしにはわからない！」

「今にわかるさ。約束するよ。それで終わりかい？」

「ええ」

「そりゃよかった。話を変えよう」

しばらく黙った。プンペルは混み始めていた。おかげでマルシアはほっとした。人混みに埋もれたらずっと目立たなくなるからだ。でも全部のテーブルが埋まったら、そしてそうなりつつあるのだが、そうなったら追い出されるだろう。そうこうする間にアイスクリームも食べ終えていた。突然の邪魔が入るのを防ぐための策略のように、マルシアはあわててもうひとつ気になっていたことを口に出した。これは生産的だろうと思った。

「さっき、あそこの正面で、あなたたちは誰かと一緒にいたの？」

「いいや。言ったろう、ふたりきりでいたさ」

「人がいっぱいいたから……」

「馬鹿野郎どもの中に紛れて、誰かナンパしてやろうとしてたわけさ。でも知った顔はいないし、選んでる暇もなかった。あんたが現れたからだ……」

この情報はいくつかの興味深い要素を差し出していた。でも、マルシアがそれ以上首を突っこみたくなくなるように意図して作られた要素だとも思えた。それでさっきと同じ方向に行くことにした。

「でもどこかのグループにいたんじゃないの？」

「どういう意味だい？」

「パンク少年たちのグループってこと」

「いいや」とマオは言い、ひと言ひと言に毒を込めて強調した。「あたしたちはどんな連中ともつるんじゃいないね」

「軽蔑して言ったんじゃないのよ。誰だって考えとか趣味、生き方の似た人たちといっしょにいたがるものだもの」

「たとえばあんたとリリアナみたいにかい？　あんたは無垢な人たちのグループみたいなのに属してるってわけかい？」

「曲解しないで。それからわからないふりもしないで。ここでも世界のどこでもパンク少年たちって群れるでしょう。お互いに肩寄せ合って世間を拒絶するじゃない」

「ずいぶんと物知りだね。おめでたいこった。答えはノーだね」

「でもパンク少年の知り合いはいるでしょう？」

自分の質問が気に入った。最初にしておくべきだった。完璧な罠だった。誰かに人類に知り合いがいるかと訊くようなものだ。明らかに彼女たちはいないと答えたがっているのだろうが、そんなことをしたら悪意が露呈してしまう。何の得になるのかはわからないが、でもともかく、答えくらいは得られるだろう。

　マオがまた半分目を閉じてしまった。利発な彼女は何から何まで見なくとも、それが罠だとわかるのだった。だが、膝を屈することはあるまい。決してだ。

「そんなことはどうだっていいだろう」と言った。「なんであんたはあたしたちが言いたくないことを言わせようとばかりするんだ？」

「協定を結んだでしょう」

「わかったよ。質問は何だっけ？」

　マルシアは折れない。

「パンクの知り合いはいるのか、ってこと」

　マオがレーニンに訊いた。

「誰か知ってる？」

「セルヒオ・ビシオなら」

「ああ、そうだ、確かに、セルヒオな……」マルシアに振り返った。「あたしたちの知り合いだ。もう長いこと会ってないけど。でもまあ優れた例だな。写真を持ってないのが残念だよ。バンドでベースをやってて、いつもヤク漬け、でもいいやつだったし、いまでもきっといいやつだ。ただしちょっとイカレてて、抜けてた。口を開いたら、といってもごくたまにしか開かないんだが、何言ってっかさっぱりわからない。一度、ひどく興味深いことが起こった。大金持ちの奥さんがあるパーティに出たんだ。とりわけ目についたのがイヤリングだ。それぞれにコーヒー・カップくらいの大きなエメラルドが四個ついてた。途中でイヤリングが片方なくなってることに気づいた。椅子やら絨毯やらをくまなく見て回ったが、見つからなかった。何しろ何百万もする代物だ。それに金持ち夫人ってのは持ち物に執着が強い。値の張るものばかりだもんな。そりゃあもう大騒ぎで、新聞沙汰にまでなっちまった。招待客たちの同意を得て、去り際にみんなを検査することになった。ところがウルグアイ大使、ってのがいたんだが、こいつが拒んだものだから、この人には検査はなかった。もちろん、第一の容疑者になった。よせばいいのに書記官が手紙を書いて、おかげで大使は国に呼び戻され、更迭された。一年後、夫人はパラディウムでのパーティに出かけて行った。そしたら驚いたの何のって、ダンスフロアでセルヒオ・ビシオが片耳からエメラルドを四個ぶら下げて踊ってたのさ。すぐさまボディガードがやつのところに行って、夫人の前まで丁重に連れてきた。彼女はどこかの大佐と内務大臣、警察庁長官ピルケル、それにミッテラン夫人と同席してた。椅子をもうひとつ持ってきて、セルヒオ・ビシオをそこに座らせた。そのテーブルでの会話はフランス語だったんで、話せるかって訊かれたセルヒオは、しゃべれるって答えた。『ちょっと前のことざますが』と金持ち夫人が言った。『あなたがお持ちのそのイヤリングとおんなじものをなくしましたの。ひょっとしてそれじゃないかと思うんですけれどね』。セルヒオは彼女に目を向けていたけど、見えちゃいなかった(聞こえてもいなかった)。二、三時間休みなしで踊ってたんだ。そんなことはよくあることなんだがね、何しろたいそう踊り好きだから。で、そこから突然動きを止められたもんだから、血圧のバランスを崩しちまってたんだ。そんなことになるのは初めてのことだった。それまではいつだって、踊りをやめるときには、本能的に少しずつやめてたんだ。それから外に出て夜が明けるまで歩き回ってた。今回の出来事の効果で、目が見えなくなったんだな。全身に赤い斑点が出てきて、それで何も見えなくなった。

『起立性低血圧』ってやつなんだが、彼はそんなもの知らなかった。見えなくなる以外の症状には吐き気があるんだが、それは感じなかった。もう二、三日も何ひとつ口にしてなかったからだ。眩暈（めまい）ってのもあるが、マリファナやって慣れてるもんだから、それはぜんぜん気にもならなかったし、びっくりもしなかった。それどころか、その場の残りの時間はそれを楽しんでやがった。ずっと宇宙空間をふわふわ漂ってたのさ。夫人はずいぶんと手先の器用な人で、手品みたいな早業でイヤリングを取り上げた。さて、ところでその晩のパーティは、アルゼンチンを訪問中のフランス放送協会のオーケストラ楽団員たちを歓迎してのもので、パラディウムではクォーク放射灯システムがはじめて使われることになってた。最新のテクノロジーだ。そのライトが、まさにその瞬間に点いたってわけだ。そのテーブルではセルヒオ・ビシオに気を取られて、スピーカーからのお知らせが聞こえてなかった。夫人はイヤリングを取り上げると、他の連中によく見えるようにピンをつまんで高く掲げて、言い始めた。『このエメラルドは……』とそこまで口にするのがやっとだった。新しいライトがエメラルドを貫いて、すっかり透明にしちまった。単なるガラスみたいになって、緑色の痕跡なんぞ何ひとつ残らなかった。夫人は口をあんぐりあけたままだ。『エメラルドですって』って言ったのはミッテラン夫人だ。『ダイヤモンドじゃないですか！しかもキラキラ！　こんなの見たことございませんわ！』『ダイヤモンドなはずがありますか！』とピルケルが叫んだ。『このガキンチョの浮浪者がそんなのどこから持ち出して来たってんですか。おばあちゃんちのシャンデリアのガラス玉を針金で束ねただけでしょう』。宝石の持ち主はすっかり固まって、ただ金魚みたいに口をぱくぱくさせるだけ。と、その瞬間、『月に憑かれたピエロ』の最初の一音が鳴り出した。誰あろうブーレーズが舞台にいて、名手ヘルガ・ピラルツィクが歌ってた。人々の注意の先は音楽に移っていくわな。ダイヤモンドになったエメラルドなんざ、どれだけ束になってかかっても、傑作音楽の青い音にはかなわない。基本の基本の上品さが、宝石よりも音楽が勝るって判決を下したってわけだね。夫人は自動人形みたいな動き、前の動きを逆にして二倍になる動きを見せて、セルヒオ・ビシオのイヤリングを自分でつけると、ボディガードたちが、何を勘違いしたのか、やつをひょいと持ち上げ、ダンスホールに連れ戻すのを、心配そうに黙って見守った。やつはホールに戻ると、音楽には関心も示さないでまた動きだし、そのうち目がまた見えるようになったから外へ出て歩き出した。まるで見えない誰かに先導されるみたいにな。それっきり彼女はエメラルドには目もくれなかったとさ」

沈黙。

マルシアは呆然としていた。語りのうまい人の話を聞き、崇高だと感じたのは、生まれて初めてのことだった。ちぐはぐな話し合いがつづいていたが、そういったことを何もかも償うような経験だった。

「す……すばらしいわ」としどろもどろに言った。「ほめなきゃいけないってわかってるんだけど、うまく言葉が見つからないわ。すごく驚いたの。どういえばいいかぜんぜんわからないくらい……あなたが話してる間、うっとりしちゃって、何もかも見ちゃったみたいな……」

マオが我慢ならないという表情を見せた。マルシアにとってはあまりにも思いがけないことだったので、こういう場合、どんな振る舞いをすればいいのかと考えないわけにはいかなかった。その法則は自分で見つけなければならないのだろう、しかも早急に、出たとこ勝負で。とりあえずは、話し方がうまいなどと言い続けている場合でないことは理解した。その種の褒め言葉は、中味についてのコメントの中に紛れ込ませて、暗にほのめかすように伝えなければならない。しかし、困惑した彼女には中味も形式もどれがどれだかわからなくなっていた。中味について何か言おうとすると、何を言っても形式についての話に落ち着くのは避けがたかった。一番実際的なのは、自然にできるのは、質問したり疑問を呈したりすることだろう。セルヒオ・ビシオはそれからどうなったの？　それでイヤリングは？　どうやってそのパラディウムのパーティに入れたの？　二人は、マオとレーニンはそこに行ったことある？　マルシアはもちろん、その有名なディスコには足を踏み入れたことがなかった。ひょっとしたらパンク少年たちは出入り自由なのかもしれない。せめてとても大切な機会に、内装の一部として、店内に色を添えるためだけにでも。彼女にしてみれば、パラディウムは何から何まで夢の世界だったので、地位のある有名な人たちがいたとしても驚きはしなかった……そこはほとんど別世界だった。けれども、この世界ともつながっていて、その幻想的な接線が、今の物語にはあった……ひょっとして二人はその晩パラディウムにいたのだろうか？　どうやってその出来事を知ったのだろう？　それは重要なことだった。そしてある点でまさにそのイヤリングのエピソードの意味はそういうことなのだ……。

　質問を始めたが、二人はそれを場違いなものだと見たようだった。名前を出した音楽家たちは誰？　彼女が唯一聞き覚えがあると思ったのはピエロという名の人物だった。テレビでトム・ヴァーレインと演奏しているのを見た記憶があるように思った。マオの語りの技法によって彼女は、プンペルの粗末な蛍光灯の光から月光の射す夢の影へと運ばれて行き、それまで一度も聴いたことのなかった音楽を聴いた気にすらなっていた。どんなものか感じ取ることはできないけれども、それはザ・キュアーやローリング・ストーンズ……などよりももっとずっとすてきかもしれなかった。

けれども、どの質問も答えを得るにはいたらなかった。なぜなら、テーブルに二人目の責任者が現実の姿をまとって現れたからだ。恐ろしくてドスがきいていて、見ない振りをするわけにはいかなかった。まさに見過ごしにはできないタイプの人物だったのだ。というのも、とりわけ、最初の責任者の特徴をことごとく強調して繰り返しているような人物だったからだ。もっと背が高く、もっと金髪に染め、もっと短いミニスカートを穿き、もっと美しく、もっと厳格、もっときっぱりとした感じだった。前の者が決して馬鹿になどさせるまいぞ、というタイプ（その地位に就くには必要とされる特質）の人間だったのに対して、こちらは典型的な強力な人物、自分から力強くことを起こすようなタイプだった。

「出ていってください」

声にも疑いの余地はなかった。マルシアはひとりなら喜んで立ちあがり、出ていっただろう。マオを見ると、コブラが殺意を込めてとぐろを解くときのように慌てず騒がずゆったりと侵入者に向けて視線を上げた。この二人ならいい勝負だ。リリアナのことなどどこかへ行ってしまった。店はこの重い武器を最終的な局面のために取り置きしていたのだった。

「どうした？」

「お帰りください」

「何だって？」まるで本当に夢から覚めたみたいだった。「何だ……？　てめえ、誰だ？」

「しは……」

ふと気づくとレーニンが手にナイフを持っていた。刃の尖った、きれいに研ぎ澄まされた、刃渡り二十センチのものだ。マルシアは真っ青になった。レーニンは彼女の隣に座っていた。壁側だ。攻撃しようとしたら、彼女が防がなければならない格好になる。だがそこまではいかないように思えた。マオが相方を見て言った。

「それはしまいな。必要ないさ」

「警察を呼びましょうか？」向こうへ行くふりをしながら責任者が言った。

マオはゆったりと自分の間で答えた。

「あんたは売女の娘みたいな顔してるから信じるわけにはいかないな」

「警察を呼んでほしいのね」

「ああ、さあどうぞ、呼びなよ」

この二人のやりとりには暴力以上のものがある、とマルシアは見て思った。彼女はパンク少女たちに、そしてまたしても世界にも、新たな次元があることを発見した。力対力の勝負をする二人は自分たちの強さに自信を持っているし、その強さがとてつもないレヴェルでバランスを保っていることも確信している。この種の睨み合いでは秘密の武器を持っている方が勝利を収めるものだが、この二人の中では明らかにそれを持っているのはマオだった。

「うちの女の子を脅迫していましたね……」と責任者は言った。

「どの子だい？　リリアナかい？　だって彼女は友だちだ」

軽く動揺した責任者はマルシアを見た。マルシアは頷いた。これで一点先取だ。だが、残念なことにマオが台無しにしてしまった。

「彼女のシフトが終わるのを待って、やりに行こうとしてるんだ。何か問題でも？」

「からかってるの？　ズベ公」

「そんなことはないさ、クソアマ。リリアナはレズで、あたしたちと寝られてとても喜んでるんだ。迫害するつもりかい？」

「今すぐ確かめてくる」

「本当のことを言うと思ってんのか？　クソなだけじゃなくて大馬鹿だな」

「リリアナは十時にひけますが、長時間いないでください」

「店がやってる限りいるさ。バイバイ。サツでも呼んできな」

二人は一瞬、じっと睨み合った。一方が退いた。今すぐ戻る、という仕草をしながら。こちらも同じ仕草で返したが、彼女は戻ってこなかった。

最悪の瞬間が過ぎ、言葉を取り戻したとき、マルシアは驚きを隠そうともせず騒いだ。

「よくもあんなあくどいことできたわね！　可哀想にリリアナはあなたに汚名を着せられちゃったのよ！　仕事を失うかもしれないわ。もう時間の問題ね」

「なんで？」

「レズビアンの店員、しかもナイフを取り出すような恋人とつき合っている人を雇いたがると思う？」

「そんなことは場合によりけりさ、マルシア。ひょっとしたらこれから先、尊敬を集めるかもしれないだろ。それに辞めさせられたらもっといい仕事を探せばいい。それが人生の鉄則だ。その意味ではむしろ知らず知らず彼女にいいことをしたとも言えるさ。彼女だって仕事、つまんなそうだったぜ。あたしたちと話したがってただろう。それだけで充分、他のことをやりたがってる証拠だ」

「そうかもしれないけど」とマルシアはあまり納得していない様子で言った。「ともかく嘘はいけないと思うわ。嘘はいつだって人の名誉を傷つける。わたしには本当のことが何よりも神聖」

「あたしは違うね」

「あたしも」とレーニン。

「そんなこと言ったらあなたたちまで悪い人になっちゃう。これまで言ってきたことが台無し……」

店に入ってからはじめてマオが本当に興味を惹かれたような顔をした。やっとマルシアが話すに値するテーマを見つけたとでも言いたげだ。

「なるほど」と言った。「それで？」

「『それで』ってどういうこと？」

「そうだな、それが重要なのか？」

「重要も重要、最重要だわ。ただ話すために話すのと何かが言いたくて話すのとの違いよ」

マオはかぶりを振った。

「このテーブルに座ってからあたしたちが言ってきたことが少しでも重要だと思うんだね？」

まったくの修辞的疑問というわけではなかった。答えを期待していた。

「ええ」とマルシアは言った。「わたしにとってはね」

「そうかい。じゃあ間違いだ」

「そう思うんなら、どうしてわざわざ話すの？」

「マルシア、あんたにわかってもらうためさ。何にも重要なことなんかないってね。すべては無だ。あるいは無に等しいんだ」

「ニヒリストじゃないって言ったくせに！」

「じゃないね。あんたがニヒリストなんだ。本気で一生そうやって馬鹿言って過ごせると思うのかい？　こんなちんけなハンバーガー屋みたいなところで起こる出来事なんかに気を取られてさ？　そんなものはその場限りのつまらないことだ。これをバネにすりゃどうにか重要な問題に戻れるってだけのものだ。それじゃあ最初の問題に戻るか。あんたはこれで満足かい？　あたしたちについて知りたかったこと、全部わかったかい？　まだ他のことについて最初から話す？」

「言ってることがわからないわ、マオ」彼女の声には懇願するような調子があった。まったく望まずしてそうなったのだ。けれども、パンク少女の名を口にした瞬間、マルシアは再び何と言っていいかわからない何かを感じた。今ではだいぶ彼女の意識に近づいてきてはいるが、それでもまだその外にある何かだ。場が非現実的なものになったのは、おそらく通路を若者たちがひっきりなしに行き来しているからだろう。それともさっきより白く、強くなった光のせいか。いや、よりありうるのは、彼女たちが動いていないからだ。彼女にはそれが耐えがたいことだった。壁には鏡がかかっていて、彼女ははじめてそれを見た。青白い顔をして、目はガラスのようだった。他の二人の顔はヴェールがかかっているようだった。「気分が悪いわ。アイスクリームがいけなかったのかしらね。何時だろう？」質問にはどちらも関心を示さず、何も応えなかった。「時刻なんてのもあなたたちにはどうでもいいことなんでしょ？　そうよね。もちろん。何が重要なんだろうね。何が重要で何が重要でないかなんて、あなたたちがわたしの代わりに決められるのはどうして？　わたしのこと何も知らないのに。わたしだってあなたたちのことは知らないわ。あなたたちは誰なの？　何がしたいの？」

「もう言ったろ」

何が望みなのか？　誰なのか？　そして彼女は誰なのか？　すべてはボロボロになり雲散霧消してしまおうとしていた。彼女は麻痺しているように感じた。動けば煙の形のように消えてなくなりそうだった。重要なものなんて何もない。いいだろう。きっと結局、彼女たちが正しい。男の子たちが二、三人大声で言い合いながら通った。その後ろからリリアナがちょっとふらふらした足取りでやって来た。まるではじめて見るようにテーブルに一瞥を投げると、左手で盆を高く掲げ、テーブルは汚れていなかったので、その必要もなかったのだが、右手で濡れ雑巾を出して拭いた。そして同時に言った。

「ここにはありとあらゆる種類の変な人が来るのよ」

「行こう」と言ってマオはやにわに立ちあがった。

レーニンも彼女に倣った。出て行くにはマルシアが席を立たなければならないとでも言いたげに、彼女の腕を取って立ちあがらせた。マオがもう一本の腕を取り、二人で彼女を振り返らせ、入口に向けた。リリアナは彼女たちが立ち去るのを見守った。盆を手にしたまま、真顔で、わけがわからないといった様子だった。

通りの冷たい空気がマルシアを生き返らせた。ひどく寒いというほどではなかったが、プンペルの店内は暖房が効きすぎていたので、それに比べると余計に寒く感じたのだ。何より、中でセーターを脱がなかったことも理由だった。二、三歩歩くと、気分の悪さはかき消えた。きっとそんなもの存在していなかったからだろう。頭がひどく冴えていた。思考が伸びをし、広がりつつあるものの、まだ何ものにも姿を変えないでいた。おかげで彼女の中には絶頂感が生まれていた。決断を下す時が、どうにかして別れを告げる方法を探し出す時が近づきつつある、いや実のところ突進してくるのを実感した。それは考えることをせっつく一種の強迫観念だった。それがとりあえずは緊急事態という形をとっている。マルシアは、思考が思いつきの中にはっきりと姿を現し、思いつきが言葉の中に姿を現したら、その時、絶頂感は収縮し、それが世界をひとつのゲームに変えるということを知っていた。現実の中では何もかもが小さくなっていった。そもそも、通りがそのことを証明していた。街灯のひとつひとつがやっていることは、ほかでもなく、夜を小さくして、夢に逃げ込むのでなければ逃げることなど叶わない庇護の泡へと変えてしまうことだった。閉じた場所から外に出た者誰しもがやる身ぶりをして、彼女は空を見上げた（雨が降っていないか確かめるために）。すべての星が見えたように思った。あるいは見えたけれども、何かに気を取られて、何も考えていなかったようでもあった。星に関して言うならば、そのことは、何も見なかったと言うに等しい。時間はさほど経ってはいなかった。通りの様子は入店したときとまったく同じだったからだ。若者の塊はまだ正面の歩道にたむろしていた。こちら側では、プンペルの隣の銀行前にある大階段に、小グループがいた。しかし動きは勝っていた。人の回転が速く、眩暈がした。パンク少女たちの早足になぜか歩調を合わせていたのだが、おかげで眩暈は激しくなった。人の流れに遮られ、離れたと思ったら、数メートル先で二度、三度と再合流した。我慢ならなくなったマオが彼女の腕を取り、化粧品店の三角形の空き地に連れて行った。レーニンは後からついてきた。

「やろうよ。やると言ってくれよ」

「放して」マルシアは眉をひそめて言った。「まずは触れるのをやめて。答えはノーよ。相変わらずその気はないわ。意見を変えるわけないじゃない。わたしはもう家に帰りたいの」

とはいいながら、三人は立ち止まっていたのだった。しかし、マオの決然とした表情、狂人のような表情、首を横に振りながらも彼女から目を離さないその振る舞い（普通は、かぶりを振るときには話し相手の目からは逸れるものだ）を見ると、これは急いで歩き始めなければと実感した。やろうと思えばできた。歩道に二、三歩戻った。だがまた立ち止まったのは、話を最後まで終わらせるためだ。逃げたい衝動と同時に、彼女は話したい衝動にも支配されていたのだ。突如、今なら話せるのではないかと感じた。最初のテーマに戻ることによって呪いが解けるとでもいうみたいだった。

「あなたたちのせいで店内では話せなかった。前と変わらない。むしろ悪くなってる。知りたいことがあったのに、ぜんぜん何も知らないまま。あなたたちにとってはどうでもいいことでしょうけど、でもね、わたしはどうなるの？」

「あんたにとってもどうでもいいことさ」

「まったく頭が固い人ね！　人の話を聞かないんだから！」

「あんたはあたしたちを気に入った。でも実際には話す必要もなかった」

「じゃあもうこれ以上何も言いっこなしにしましょう。さようなら」

二人を見ずに歩き始めた。

「愛については話すことなんかないんだよ」とマオが言った。

「話せることはたくさんあるわ。何もかも込み入ってるの」何を言っているのかわからなかった。

「違うね。すごく単純なことだ。その場で決断しなきゃいけないんだ」

彼女たちも歩いていた。しかも早足で。いつものごとく。三人は角に向かっていた。マオは決定的な攻撃に向けて力を集中させているみたいだった。マルシアはもう彼女たちに興味を向けないようにしようと思った。議論するのに疲れていたのだ。

もっと正直に言うならば、議論に疲れたというよりも、マルシアは会話が成果をあげなかったことに失望していた。パンクの世界について思っていたほど多くの情報（何しろどれだけの情報があるのかを知らないのだから、多くを与えられたのか少なかったのかも知りようがないのだ）が得られなかったからではなく、知り得たパンクの世界が、現実の世界とは価値観の裏返った逆の、対称の、鏡像の世界ではなかったからだ。そうだったなら、それこそがすごく単純なことだっただろう。彼女だって満足したはずだ。子供っぽいので認めるのは少しばかり恥ずかしいことだが、彼女はもう問題を抱え込みたくなかった。機会は失われてしまった。それとともに何もかもが失われた。このエピソードはもう終わったことになった。

角まで来るとマオが立ち止まった。ボノリーノ通りの方に目をやった。通りはかなり暗かった。マルシアを振り返った。

「ちょっとあっちに行こう。言いたいことがあるんだ」

「いやよ。もう話すことなんてないわ」

「もうひと言だけだからさ、マルシア。基本的なことなんだ。やっと重要なことを言おうとしてるのに、言いかけのあたしを置いていくなんざ不当だと思わないか？　そうだよ。愛について話したいんだ」

今し方固く決意したのに、マルシアは興味を抱いた。新しいことなど何もないとわかっていたが、それでもそう感じた。パンク少女たちが彼女にかける魔法だった。世界を刷新すると信じさせてしまうのだ。幻滅は今、二の次だった。幻滅を感じていたのは彼女だが、マルシアは自分をはぐれ者とみなし、自分は例外とみなして状況を判断するタイプの人間だった。だからマオについて行った。レーニンが彼女の後に続いた。そんなに遠くはなかった。ハーディングのショーウィンドウの続き、角から二十メートルばかりのところに、とても暗くなった一画があった。そこで壁を背にして群れをなした。マオは何の前置きもなしに、せき立てられたように喋りだした。目はじっとマルシアを見すえていた。マルシアは暗がりの中だとじっと見返すことが楽にできるように思った。彼女にあってはまれなことだ。

「マルシア、もう一度しか言わないぜ。あんたは間違ってる。もうわかってるはずだろ。何でもかんでも説明が必要だっていうその世界は間違いだ。愛がその間違いからの出口になるんだ。あたしがあんたを愛せないなんてどうして思うんだ？　劣等感かい？　太った子は抱きがちだが。そんなことはない。劣等感を持ってるってなら、その点でもあんたは間違ってる。あたしの愛があんたを変えた。マルシア、あんたのその世界は現実の世界の中にある。二、三、説明してあげようじゃないの。だがあたしが話すのは現実の世界だ。説明ばかりが求められる世界の話じゃない。いいな。あんたがあたしに応じたがらないのはなぜか？　二つある。急だったことと、あたしが女だったことだ。急だったことについては説明なんか必要なかろう。あんたは一目惚れを信じてるだろう。あたしだってそうだし、皆そうだ。必要なことなんだ。さて、あたしが男の子でなくて女の子、男じゃなくて女だってことなんだが……あたしたちが乱暴なんであんたはびっくりしたが、根本的には暴力しかないんだってことは考えようともしなかった。あんたは説明を求めてばかりいるが、肝心のその最終地点に、最終的な説明に到達したら、そこには剥き出しの、恐ろしい明晰さ以外には何にもないんだ。男たちだってその種の乱暴さだ。哲学教師だってそうだ。だってやつらが持っている色々なものの下には、あいつらのチンポが長々とデカデカと収まってるんだ。ただそれだけだ。それが現実だ。そりゃアソコにたどり着くまでに何年もかかって、何レグアも歩かなきゃならないこともあるさ。その前に言葉なんて尽きちまうかもしれない。でも時間がかかるか、かからないかはどっちだっていいことだ。その地点に到達するのにまるまる一生かかろうが、道を渡り終わる前にアレを見せられることになろうが、問題じゃない。あたしたち女はたいそう恵まれてて、長い回路か短い回路か選ぶことができる。あたしたちだったら、その気になりゃあ世界を一回の雷に、一回のまばたきにしてしまうことだってできるだろうよ。けれども何しろあたしたちにはアレがない。そんなもんだから乱暴さを無駄遣いして、睨め回すことになるのさ。まあそれでも……ある突然さ、ある瞬間ってのがあって、そんなときには世界全体が現実のものになって、一番根本的な変化を被るんだ。世界が世界になる瞬間だ。そうなるともう目が破裂しちまうよ、マルシア。礼儀なんてものは、会話なんてものはことごとくそこに落ち着くもんだ。それを幸せって言うんだ。あたしがあんたに差し出そうとしてるのはそれだ。それがわからないってんなら、あんたはあたしが会ったなかで一番の愚か者だし、これから先もお目にかかれない馬鹿だ。あんたはあんたの運命からそんなに離れちゃいないんだぜ。ただやるって言えばいいんだ」

マルシアは当初からあまりちゃんと聞いていなかった。自分自身の物思いに耽っていたからなのだが、それがちょうどその瞬間、頂点に達した。奇怪に思う気持ちがすっかり消え、新たな発見をしたのだ。

以前、二度、名状しがたい奇妙な何かに気づいた。今それが何かわかった。理解した、あるいは言葉にすることができたのだ、ちょっと前に気づいたばかりのことを。ひょっとしたら最初から気づいていたかもしれないことを。つまりマオは美しいのだ。そのさまは一目見て明らかだった。その時までそのことを自分に言い聞かせていなかったのは驚きだった。彼女が生きてきた中で見た一番美しい人物だった。いや、それ以上だ。きれいな顔に、整った細部。優美な表情の一揃いなどは、この年齢の女の子には珍しいものではない。マオはそんなものよりもっと遥かに美しかった。美について巡らせることのできる思考をことごとく凌駕していた。彼女はまるで太陽だった。まるで光だった。

しかも何らかの効果ではなかった。近寄って見ると、もしくは遠目に見るとわかるというタイプの美しさではない。見なれているから、あるいは愛しているからわかる、もしくはその両方だからわかる、というタイプでもない。主観的に見てわかるというタイプの美でもない。時間が経てばわかるというものでもない。客観的だ。本物の美しさなのだ。マルシアはそれを確言することができた。というのも、彼女は美にそれほどの重きを置いていなかったからだ。時には気づかないこともあれば、考慮に入れないこともあった。学校の友だちの中にも欠点のない美しさを誇っていいのが何人かいた。マオと比較すると、その彼女たちも現実を前にしぼんでしまう幻想のようなものだった。

独りごちた。なるほど、つまりこれがマオの「秘密の武器」だったのね。これで何もかも説明がつくわ。しかし同時に、何も説明がつかない。なぜなら美しさは秘密になどできないからだ。

マオは続けていた。「けれども、愛だってひとつは回り道を許す。たったひとつだ。それは行動さ。愛には説明は不要だが、いずれにしろ、試練はつきものだからだ。もちろん、正確にいえばそれは時間を引き延ばすことにはならない。試練（プルエバ）だけが愛に備わるものだからだ。だからどんなにゆっくりで込み入っていても、その場ですぐになされるものでもある。試練は愛と同じほど価値があるが、同じものだからとか同等だから同じ価値になるってのじゃない。人生のもうひとつの局面についての見通しを開くものだからだ。もうひとつの局面ってのが行動だ」

マルシアは演説のこの部分には前の部分と同じく注意を払っていなかった。自分の考えが相変わらず盛り上がっていたのだ。マオの言葉とマルシアの考えは並行する二つの流れだった。そしてそんな風にしてある種の調和をなしていた。マオの美しさを確かめる、というか発見すると、いまだ何と名づけていいかわからないめくるめく思いの効果を受けながら、レーニンに目を向けてみた。先の例のおかげで、それまで見なかったものに目をやるように仕向けられたのだ。ある意味で、二人の顔をまじまじと見たことはなかった。

レーニンは美しくなかった。でもひょっとしたら美しかったかもしれない。面立ちの長い、つまり馬面で、ひとつひとつの要素（目、鼻、口）がことごとく不適切で残念な大きさだった。けれども、全体としてみると醜いと分類することもできない。まったく異なるのだ。これだけ異なると、他の文明でだったら愛でられる種類の美しさではないかと考えたくなる。マオとは正反対だ。エキゾチックな、原始的な、あるいはもっと直截的にいうと地球外生命体的な感じのその顔は、見ようによっては生ける宝石として、理想の実現として見ることができた。彼女の域に達するには、近親婚を重ねる王様たちが何代も必要となるだろう。そしてその時彼女は王家の者たちのやっかみ、諍い、陰謀、かどわかしを一身に引き受けることになるのだろう。奇妙きてれつな具足の騎士やら、足を踏み入れることのできない山の頂にある城やら……彼女の中にはひとつの潜在的な発見があり、マルシアはその瞬間それを実感したのだ。何を発見したかというと、現実離れしたもの、というやつだ。そしてまた、それは深いところでマオと同じでもあった。二人は同じ一つの問題の二つの顔なのだった。美と特異さが夜の中でぶつかり合い、そこに変化が生まれていたが、それというのは、以前感じ取ったと思ったいくつかの変化とは異なっていた（今回の変化がこれまでの変化の性質を変えようとしていた）。以前感じたと思った変化はページを捲って新たな世界のあり方に達するというものだったが、今回のそれは世界が世界へと転換するというものだった。奇妙さの頂点だった。これ以上先には行けまいと思えるほどだった。彼女は正しかった。これ以上の変化はないからだ。あるいはこう言った方がいいだろう。状況が大きな変化の色とリズムをまとった。停滞していると同時に目まぐるしく動く変化だ。二人にもう一度だけチャンスを与えて本当によかったと思った。そして時間を遡って、仮定の話を考えて、一種の警戒心を抱きすらした。数分前に家に帰りたいと言ったときにそれを実行に移していたら、この発見、根本的な問題だと思われるこれは、剝奪されてしまう結果になっていたのだ。彼女は考えた。ほんのちょっとした努力を怠ったために、人は何度、積極的で人生を豊かにする教えを失ってきたことだろう、と。

マオが彼女を見ていた。何かを待っていた。彼女を見つめたマルシアは、目を閉じなければならなかった(心の中で)。彼女はあまりにも美しかったのだ。お願いだから質問を繰り返して、もし質問していたらだけど、ともう少しで頼みそうになった。でもマオは答えを期待していないようだ。それどころか、まるで自分で答えるように、

「試練をくぐり抜けるかい?」と言った。

マルシアは何の話かわからなかったけれども、それでも頷いた。すると、びっくりするようなことが起こった。マオが微笑んだのだ。初めてのことで、かつ一度きりのことだった。マルシアはそれが微笑みだという確証はどうしても持てなかったけれども、一点の疑いもなくマオが彼女に微笑んだことを知った。

実際それは、世界で最もまれな現象のひとつだった。「真剣な微笑み」というそれを、男ならばかなり運がよければ、人生で一度か二度は見ることができるかもしれない。女ならば現実には決して見ることのできないものだ。たぶん名前の繋がりからだろうが、毛沢東の写真を思い出した。新聞などに繰り返し載る、あの輪郭のはっきりしない公式の写真だ。どれだけ目の利く人でも、その中国人の顔にかすかなものであれ微笑みがあるかどうか判断するのが難しい、あの写真。

それはとても短い間のこと、ほんの一瞬のことだった。パンク少女たちはすぐさま彼女たちの言う謎の「試練」とやらへと向かった。マルシアは二人について行った。自然の重力、謎という重力に惹かれてのことだったが、彼女はまだ思考の霧の中にいて、それらの思考のいずれもが(美についての考えも、現実離れしたものについての考えも、微笑みについての考えも)はっきりとした形を取るにはいたっていなかった。三人は車が来るか来ないかちゃんと見もしないで通

りを渡った。正面の角の闇はいっそう濃かった。店子のなくなった複合商業施設があったのだ。マオはリバダビアに向かおうとしてしばらく躊躇したが、考えを変え、レーニンと相談した。「行こう！」それから力強くそう言って、きっぱりと逆方向へ向かった。マルシアは彼女たちが「円盤」という語を口にするのを聞いたし、その調子から理解するに、そういう名のスーパーマーケットに向かっているようだった。実際、映画館と小さなパン屋を通り過ぎると、ある複合商業施設に入っていった、その奥には、蛍光灯の光みなぎる巨大な〈円盤〉の店舗があった。彼女は二人が何をしようとしているのか直感した。恋愛の証明としては、いわば古典だ（古典だけれども、これまで誰もやったことのないことだ）。スーパーマーケットから何か盗み、それをプレゼントするのだ。昔だったら龍を殺すなどしただろう、それに匹敵する試練だ。もちろん、そんなことをしたからといって、それがいったい何の証明になるのかわからなかったけれども、見てやろうという心づもりにはなっていた。二十世紀、迷妄も取り払われた現在の見地からしてみれば、龍など存在しないと誰もが言いもしよう。だが、それでは、中世の農民たちにとってスーパーマーケットは存在しただろうか？　それと同じことで、いまだある試練は、ある程度の未来に向けても、その存在価値を開いているのだ。外で待っているようにと言われるのだろうか？通路や他の店舗とスーパーの間にある二つの大きな壁は、ガラス張りだった。中には客がたくさんいて、すべてのレジが稼働中だった。客が商品棚の合間を縫って列を作り、どの列も詰まっていた。唯一の出入り口はほとんど建物自体のカマクワー通りへの出口と同じだった。予想が外れた。外で待つようにとは言われなかった。マオは横にずれ、ひと言も言わないまま先に入るように促した。入ってみると……正確には入った時ではなくて、後ろを振り返った時だ。レーニンが入店するなり何をしているか見たのだ……まるで夢の始まりのようだった。そして同時に、現実の始まりのようでもあった。

レーニンはポケットから、いや、首からぶら下げていた金属のいろいろなものの中からかもしれないが、黒い鉄製の大きな南京錠を取り出していた。ガラスの扉を閉めると閂を通し、そこに南京錠をかけた。閉じるときのカチッという音に、彼女はびっくりしたのだった。心に錠がかけられ、閉ざされたみたいな気になった。文字通りそんな気になったのだ。いや、もっとだった。彼女の心そのものが、黒い鉄製の南京錠になったみたいだった。少しばかり錆びついているけれども、完璧に動く、現実にはよく閉まりすぎるくらいに閉まる錠。というのも、この操作は取り返しがつかない何かだったからだ（南京錠というのは、ひとたび閉じられると、もう二度と開けることができないのではないかと思われる。鍵が最初からどこかに行ってしまったかのように）。そのことが予測できない何かに、驚きにつながると、夢は現実へと姿を変えてしまう……。

これを目撃したのは彼女だけではなかった。背が低く、白髪、赤に身を包んだ年配の女性がひとり、商品がいっぱいに入ったカートを押しながら、この瞬間、出口に来たのだ。

「下がってろ！」レーニンは開いたナイフを手に言った。

〈円盤〉のシャツを着た少年、袋詰めのカウンターで働く少年が、侵入者のところに何歩か歩いて行ったが、ナイフを見て立ち止まり、驚いたような仕草をした。それがほとんどおかしく見えた。レーニンは彼の方を向いて刃を振りかざした。

「動くな、豚野郎！　動くと殺すぞ！」と叫んだ。そして固まってしまっている年配の女性に向かって「レジに戻れ！」

床を足で一蹴りし、目にもとまらぬ早業で、カートの一番上に載っていた牛乳パックにナイフを入れた。出口に向かってやって来た何人かの女たちの目に、白い液体の筋がかけられた。続けざまにマルシアの隣を抜け、野菜売り場に向かった。街路に通じているのだ。白いエプロンをした男が電子秤の向こうから出てきた。この場の状況を引き受け、終止符を打とうとしているようだった。レーニンは彼には言葉をかけなかった。ナイフの切っ先を見せると、男が手をあげそれを奪おうと、あるいは彼女を殴ろうとしたので、顔に稲妻のような一撃を食らわせた。ナイフの切っ先が骨まで、歯茎まで達する深い切り口を、左の頬から右の頬にかけて、上唇の上に水平に開けた。上唇全体がだらんとぶら下がり、血が上へ下へ吹き出した。男は何か叫ぼうとしたが、最後までは声をあげることができなかった。両手を口へ持っていった。

あっという間の出来事だった。気づく暇もなかったほどだ。その売り場で果物や野菜を選んでいた奥様たちは、その場からは店内がよく見えないので、ようやく目を上げ、身構えたと思ったときには、もうレーニンが彼女たちの間を、血の滴るナイフを手に歩いていた。向かった先は奥のカウンターで、そこでは空の容器を受け取る係の女の子が身動きできずに立っていた。彼女の背後に、トラックの荷物集積場への通用口があった。まだ入口の近くにいたマルシアは、レーニンの足取りがよく見えるようにと回り込み、彼女がそのもうひとつの出口に行き、最初のところと同じことをしようとしているのだと理解した。そこには金属の扉があるに違いなかった。疑いなど入り込む余地もない。もうひとつ南京錠を取り出してそこを閉ざすのだ……マルシアはただ鍵を持っていてくれることを期待するのみだった。でなければどうやって出ていけばいいのかわからないからだ。こんな状況なのだから急いで立ち去らなければならないという思いだけが彼女の頭にはあった。ほかのことは考えられなかった。しかし、彼女たちの性質を考えるに、最悪で、退路を断って勝負するタイプなので、鍵は持っていないことが考えられた。南京錠はもう開かないだろう。

その瞬間、ちょうど彼女の頭上で発砲音がした。二発か三発か四発か、数えられなかった。そんなに大きな音ではなかったものの、警戒した者たちは上を見た。信じられない話だが、まだ誰も叫んでいなかった。驚きが作用中だったのだ。マルシアの左側、電子秤の後ろ、通りに面したガラスの壁沿いに、階段があった。その区画は天井が低かった。上には宙吊りの事務所があった。水槽のような形のあまり大きくないもので、明らかに警備員の詰め所だ。そこから店内全体を見渡しているのだ。スーパーには閉回路やそれに似たものはなく、監視もそんな原始的な、望楼のようなもので行われていた。レーニンがナイフを手に派手にやっている間に、マオが階段を上っていったに違いなかった。今ごろはもう警備員を取り押さえたのだろう。取り押さえたか、あるいはそれ以上のことをしたのだろう。マルシアは問われれば誓ってもよかったが、きっと発砲したのは警備員ではないに違いないと思った。

発砲後に沈黙に包まれていた野菜売り場(スピーカーから流れるインスタント・ピューレの広告だけが鳴っていた)に、外の荷物集積場への通用口が閉まる恐怖の大音響が響きわたった。それだけで南京錠など不要なほど決定的な「カチッ」という音のようなものだった。何トンもする金属の扉を閉め、集積場にいたはずの十何人もの筋骨隆々たるトラック野郎や肉体労働者たちを屈服させ、あるいはまた、ひとりか二人のプロの警備員をノックアウトし……こんなことをたった二人の若い女性がやったなどと言われても、他の人ならば誰も信じなかっただろう。マルシアにとっては信じられないことではなかった。逆に、それしか信じられなかった。

扉の音の残響も静まらないうちに（本当にこの子たちは、人の気を惹くことにかけては休みなしなのだ！）、全員の視線が上に宙吊りになった事務所に釘付けになった。壁代わりのガラスのパネルが、大音響もろとも破裂したのだ。形もバラバラな大小のガラスの破片が、野菜売り場と炭酸飲料売り場の間のパーティションの上に降り注いだ。それに混じってミサイルのようなものが落ち、大きな音を立てたが、何あろう、電話機だった。もちろん、線は抜かれていた。

そうこうするうちにも、客や店員の間に警戒心が広まり始めた。それもそのはずだ。わずかな間だったとはいえ、時間は無駄に過ぎているわけではない。叫び出す者がいれば、真剣にどうやって脱出するかを考え始める者もいた。少なからぬ数の者が出口に詰めかけ、既にそこにいた者は精一杯扉を揺すってみるのだが、成果は得られずじまいだった。そこではない。出ようと思うなら、ガラスの壁を割らなければならないのだ。やろうと思えばそんなに難しいことでもないはずだ。費用もさほどはかかるまい（とりわけ、ここはやがて血の海に沈みそうな様相を呈していたが、それを避けられると思えばなおのことだ）。しかし、大きなガラスの壁に人は迷信のような畏怖の念を抱くもので、それは信じられないほどの強力なものだった。数秒して、理性的に考えてそれが正当だと納得したとしても、もうその時には遅きに失するというわけだ。

マルシアは誰からも気づかれることなく、出入り口近くの人の群れの中に混じった。そこからは全店内が見渡せた。パンク少女たちの作戦の第一歩がうまくいったのは運がよかったのか、それとも計算どおりなのかわからなかった。入口の扉も事務所への階段も、荷物集積場への道のりも、街路に面した狭い通路から店内に入る前にある大きな野菜の陳列棚に隠れていたのだ。店内で最初に目につくのは、上にある事務所の割れたガラスの壁だった。フロアはかなり大きく、奥行き四十メートル、幅三十メートルくらいだった。遠くにいる者は、事故があった程度にしか考えていないかもしれない。何も見えず、何も聞こえなかった者さえいるかもしれない。スピーカーからは録音されたオイルとクラッカーの宣伝が流れ続けていた。だがやがて、今すぐにも、気づかないではいられなくなる。

というのも、ガラスが割れてできた空洞から、マオが姿を現したのだ。片方の手にはリヴォルヴァーを、もう一方の手にはマイクを持っていた。慌てず騒がず、沈着冷静な彼女の全身が見えた。慌てていない、というのは、何と言っても、一秒たりとも無駄にしていなかったからだ。すべてはびっしりと詰まった連続体として継起しており、彼女たちがその動きを完璧に支配していた。連続体は二つの時間の系列からなっていると言ってもよかった。ひとつはパンク少女たちの系列で、彼女たちがすべてを空白も待機時間もなく着々とこなしていた。もうひとつはそれを見守る犠牲者たちの系列で、こちらは空白と待機時間だらけだった。スピーカーから流れていた録音放送は切られていて、しゃべりだそうとするマオの息づかいが聞こえてきた。これだけでもかなりの恐怖だった。効率というのは往々にしてこの種の効果をもたらす。録音テープの放送を止め、集音システムを直接アンプに繋ぐのは、とても簡単なことに違いない。ひとつボタンを押せば済む話だ。だが、その簡単なことの操作方法に馴染むことはそんなに簡単なことではない。スーパーの客全員がよってたかって知恵を出し合い、ボタンを押して回っても、一週間かかって結局できずじまいということもあり得る。そのことは皆が承知している。だから誰もが、わけもなくこうしてできてしまう手際のいい者には意のままにされてしまうと感じるのだ。

「みんな、聞いてくれ」とマオが、店内のすべてのスピーカーから言った。間を置いて、エコーをうまい具合に手懐けながら喋っていた。彼女の声には中立的な、情報を読みあげるような震えがあったが、それは純然たるヒステリーなのだった。質、程度ともに純然たるヒステリーで、これに比べれば、男女の客の間で増大しつつあったヒステリーなど、室内向けの神経過敏程度に思われるのだった。神経過敏や恐怖など、どれだけ蓄積し増大したところで、ヒステリーにまでいたることはないということがよくわかるほどの違いだった。ヒステリーというのは、神経過敏などとは別ものなのだ。それは、決定的に言って、増大などしない。通常の生の外で、狂気やフィクションの中で到達した最高点なのだ。沈黙の訪れとともに、それまで動き続けていたレジの最後のキーの音も途絶えた。「このスーパーマーケットは〈愛の襲撃部隊〉が占拠した。協力いただければけが人や死人はそんなには出ない。幾人かは出るだろうがね。なにしろ〈愛〉は要求が多いものだから。その数はあんたたち次第だ。我々はレジにある金を全額奪い、立ち去る。ものの十五分もすれば、生き残った人たちは帰宅してテレビでも見ていることだろう。それだけだ。くれぐれも言っておくが、これから起こることは、なにもかも愛ゆえのことだ」

ずいぶんと文学的ではないか！　現実の本当らしさと引き換えに生み出される種類の動揺がその場を覆った。買い物客の列のひとつに並んでいた男が呵々大笑した。すぐさま銃声が鳴った。しかし笑った男の額には穴はあかなかった。そうではなくて、列の彼より二人後ろにいた背の低い婦人の脚にあいた。脚は血の噴き出る噴水と化し、婦人は大袈裟に気を失った。叫び声が上がり、人々が右往左往した。マオは発砲間もないリヴォルヴァーを少し揺すり、マイクを再び口に持っていった。男は、標的となってまごついた男は、笑うのをやめた。発砲は彼に向かってなされたのだ。死んでいてもおかしくはなかったということだ。彼は今し方、事件が信じられずに作り話だと思って笑ったわけだが、その種のフィクションでならば、実際、穴は彼の額にあいていたはずだからだ。

「みんな下がってろ」とマオが言った。「レジから離れるんだ。レジ係もな。商品棚と商品棚の間に入れ。今あたしが下りてく。いいか、これ以上は警告しないぞ」リヴォルヴァーを肩越しに投げ捨て、空いた手を首からぶら下げているもののところへ持っていき、その中からあるものを取り出した。黒い金属製の、鶏卵くらいの小さなパイナップルのようなものだった。そして言った。「これは神経ガス手榴弾だ。これを爆発させれば、あんたたちはみんな神経が麻痺して、一生自由がきかなくなる」

後方への大移動が発生した。レジの向こう側にいた者たちは、ふたたび逆の側に移動し、レジ係たちもその場を離れた。売り場のチーフたちも見習い店員たちも皆、商品棚の陰に隠れて集まった。気絶した女に行く手を遮られた者たちは、彼女と彼女の増え続ける血の海とを跨いで行った。四百人ばかりも客はいたはずだ。年齢も、社会的地位もさまざまなのがまんべんなくいた。子供も少なからずいた。ベビーカーに乗った赤ん坊も。皆が慌てふためいて後ろに逃げていたが、マオの次の言葉が彼らの急いた気持ちを突然に止めた。

「あっちを見てみろ」左を指差した。乳製品のショーケースの上にレーニンが現れた。ガソリン缶の束を手にしていた。「商品棚の間から向こうへ回って逃げようとするやつは、生きたまま火葬されるからな」

奥の壁一面に沿って背の低い肉の冷蔵庫があった。それからチーズやハム類のスタンドがあり、そして最後に、狭い通路を挟んで、乳製品の冷蔵庫があった。その縁にレーニンがいたのだ。しかしそのラインの後ろには空きスペースがあり、そこには男女の店員がいた。白いエプロンを着た二人は、呆然として放火犯の背中を見つめていたが、彼女は二人には気を払っていなかった。なぜ飛びかかっていかないのだ？　たいていの人はレーニンが事前に荷物集積場を襲撃したことに気づいていなかったので、まだ通用口が開いていて、加勢に駆けつけてくれると思っていられた。そんなわけで、二人の男――ひとりは背が低く、もうひとりは巨大で腹もでっぷりと出ていた――が、後先考えず、大慌てで彼女に襲いかかり、どうにか突破口を開いて、通りへの出口を確保しようとした。太った方が、きっと人間機関車を自認しているのだろうが、ショーケースに上ってヨーグルトの間に立ち、見張りの女神よろしく立ちはだかるレーニンに手を伸ばしたが、彼女は顔色ひとつ変えなかった。一秒の何分の一もしない間に男はガソリンまみれになり、狙い澄まされたレーニンの蹴りを浴びて背中から落ちた。地面に届かないうちに火がついた。マッチでも投げたのだろうか？　誰もはっきりとは見られなかった。男は松明（たいまつ）となった。男の化繊のジャンパーは派手に燃えさかり、叫び声がスーパーマーケットに充満した。ガソリン缶がひとつ頭に当たり、その場で爆発したので、彼の脳は火だるまになって炭化し、もう叫ぶことができなくなった。彼の仲間は体側に少し火が燃え移っただけで済み、人混みの中に逃げ込んだ。いくつもの叫び声が上がったが、奇妙なことに、最もよく聞き取れたのは、自分には子供がいるのだから、神経ガスをばらまくとの脅しを実行させたりしないよう、どうか二人の言うことを聞いてくれと頼む女たちの叫びだった。想像力の中に深く入り込む物事というのがあるのだ。

こうした出来事の最中に電気はことごとく消えていた。レジスターの赤い番号灯も、それから音声も。上にいるマオが配線を切断したのだ。突如としてできた暗い闇（目は建物内部や街路からの光でも見えるようになるまでに数秒を要する）の中で、松明男と彼の周囲で炎を上げるガソリンの海の輝きに目が眩んだ。

しかし彼女たちは何を待つではなしに闇に溶け込んだ。前もって慣れていたのだ。いまやするべきは行動だった。コウモリのように、夜のサルのように、マオは事務室から一番のレジに飛び降り、次から次へと飛び移って最終番のレジに向かった。ガラスの壁の向こう側、建物の廊下では野次馬が集まって中を覗き込んだりし始めていたのだが、まだ何が起こっているのかわかってはいないようだった。

商品棚と人々の、泣きわめく人の塊（結局のところ、言うことを聞けとは言われたが、静かにしろとは言われていないのだ）の向こう側では、レーニンが冷蔵庫を跳び越え、肉や鶏肉を踏み散らし、相棒とは逆方向に向かって移動していた。この動きは、単なる左右対称を目指しているのでないとすれば、制止のためか、威嚇のためでしかありえなかった。すべてはこの目的のためになされていたようだった。店内は脅威に支配されていた。けれどもその威嚇は効果的でもきれいでもなかった。理解できるものでもない。そうではなくて、言うことを聞かなければこうするぞ、と言ったとおりになったその現実と綯い交ぜになったものだった。こうして実現した現実は、もはや言語として振る舞うことをやめ、輪郭がはっきりせず、解読も不可能な全体の中に溶け出していった。それでもまだ、一種の言語はあるにはあった。それというのも、占拠作戦を双方で対称をなしながら行動しつつも、マオは仕上げの作業、つまりレジからカネを盗むことをやっており、レーニンは犯罪の領域を超えてもなお存続する脅しを担当し、もう一方の出口を塞いだからだ。そして実際、彼女には何か考えがあったのだろう。屈んで冷蔵庫の近くにあったカートを引き寄せると、それを奥へ向けて、乳製品売り場とワインの棚の方へ押し出した。

最終番のレジに到着すると、マオは順序立ててそれを空にした。商品を載せる台から足を下ろしもせず、上半身だけを屈めて作業を行った。金庫部分を飛び出させるバネのボタンを押し、小銭の入る小分けにされたトレイを素早く取り出すと、下にあった大きな額の紙幣を鷲掴みにして、それを手首から提げていたビニール袋に入れた。作業に要した時間はほんの一、二秒だった。ひとっ飛びして次のレジに移った。

二つ目のレジから三つ目に飛び移った時（そしてそれを見守る者たちがやっと何が起こっているのか気づき始めたころ）、爆発音がしてスーパー全体が震えた。それからスーパーの入っている建物全体も、そしてそのブロックも、それからきっと街区全体も震えた。奇跡的にガラスは破砕しなかったが、もっといい具合になった。代わりに細かいひびが入り、濁り、曇りガラスのようになり、外にいた野次馬たちの視線を決定的に愚弄することになったのだ。とはいえ、野次馬たちはいずれにしろ音を聞いて逃げだしたのだった。その建物全体が倒壊するかの印象を抱いたからだ。人質たちの恐れは頂点に達した。爆発はレーニンの背後にある荷物集積場から来ていた。きっと何かの燃料タンクだ。できた割れ目から光が差し込み、火が燃える恐ろしい音が漏れてきた。ほぼ続けざまに二つの爆発音が前のものを補足した。たぶんトラックの燃料タンクだろう。音の規模は小さくなっていたけれども、鉄や板金の唸り声を伴っていた。建物の電気も今や消えていて、ただうごめいてたまには見えなくなる炎のきらめきだけが店内を照らしていた。マオはその間も作業をやめることはなく、さらにもう二つレジを空にしていた。暗闇に乗じて彼女を取り押さえようと思う者がいたとしても、考え直したに違いない。フロアと荷物集積場の間の壁が音もなく倒壊したのだ。向こう側は一面が火の海だったので、濃密な灯りが一場を照らし出すこととなったのだった。けれども、充分に考え直さなかった者がいたようで、強盗犯めがけて飛びかかった。レジ係のピンクの制服を着た女の子だった。がっしりとして堂々たる体軀、決然とした表情をしていた。燃え盛る炎を見て新たな衝動を感じたのか、それとも数秒前まで抱いていた警戒心を忘れたのか。あるいはまた自分が率先垂範すれば全員が反乱に立ちあがるのではと考えたのかもしれない。だがそうはいかなかった。レジにかがみ込んだマオめがけて一直線に飛びかかった。サイのような突進は、彼女の本来の性質にぴったりだった。それが彼女のいつものやり方のようにも思われたし、過去に何度も同じことをしてうまくいったことがあるといった様子だった。マオの反応は瞬時で、ひどく正確だった。ワインのボトルを手に後ろに飛び退き、太っちょの彼女が来たまさにその瞬間に、大きく弧を描いて振り下ろした。ボトルは額に当たって粉々に砕け、哀れな女の子の頭蓋骨が軋むのが聞こえた。即死だった。むごたらしい死にざまだったが、闘牛のような突進にはいかにも似つかわしかった。誰も彼女の後には続かなかった。いずれにしろマオはレジを荒らす手を休め、一瞬、商品棚の間に身をひそめている人々を見渡した。炎に正面から照らされた彼女は寒気がするほどに美しかった。

「二度と邪魔するんじゃねえぞ！」と叫んだ。ただそれだけだった。

さらにもう一秒、何もせずにやり過ごした。学校の先生が手に負えない生徒を叱ったあとに反論がないか様子を窺っているようだった。誰も彼も口をあけずに、死にたくはない！と叫んでいるみたいだった。

しかし、影に包まれた塊からとても鋭い声が上がった。影の中では狂気が醸成されていたのかもしれない。

鋭いけれども、それは男の声だった。それにコロンビア訛りがきつかった。最初の音節を聞いた瞬間から、多くの人は耳をそばだてた。隣人の存在はそれだけで教訓だ。〈円盤〉から二ブロック離れたところ、カマクワー通りとボニファシオ通りの角に、大学の神学部があって、そこには南米大陸の各所から奨学金を貰って留学生が学びに来る。彼らは学生団地に住み、この界隈で買い物をしていた。少しヒッピー風なところのある、物知りの福音史家といった存在だった。フローレスのような街区では、誰かが思慮に欠ける行動に出ると、真っ先に外国人が疑われるのが常だ。このコロンビア人がここで割って入るのは、ほとんど必要な行動だった。

「脅しには屈しないぞ、悪魔め！」というのが第一声だった。そして実質的にはそれがすべてだった。

レーニンは声がした商品棚のあたりで作業を中断していた。マオとは逆に、すぐ近くにある炎を背にして、その輪郭が浮かびあがっていた。手にした缶の中では、ガソリンが宝石のように輝いているのが透けて見えた。彼女と立ちあがった者の間にはたっぷり五十人ばかりがいたのだが、だからといってそれが彼女の足取りを阻むものではなかった。

「黙れ馬鹿野郎！」と誰かが叫んだ。その声に賛意を示す叫び声が上がった。空気を読めない宗教に対する、聴き取ることのできない怒りが籠もっていた。

「悪魔が……！」コロンビア人はわめこうとした。

「何が悪魔だ、くそったれが！」

「黙れと言ったろう！」

「あいつを殺して、殺すのよ！」女が叫んだ。「でないと子供たちが殺される！　また誰かがやられる前にあいつを殺して！」

別の女が、もっと哲学的な声をあげる。

「わたしたちに説教しようっての！」

実際には、コロンビア人は宗教的な話は一切していなかった。けれども、いずれにしてもそれを悟られたのだ。街区内のことは皆が知っている。知らないことは、直感できる。最初に割って入った男が殴りかかっていった。とんでもない大混乱が生じた。というのも、奨学生は腺病質で堕落した種族に属するのだろうと思われたが、防御に出たからだ。だが暗闇の中では何も見えなかった。それに、他の場所ではヒステリーが芽生えていた。自重したヒステリーだ。強盗たちに指定された場所の境界線から先には誰も出ていなかった。

けれども、その境界線が守られるのもそれから数秒先までだろうと思われた。火災は本当に脅威で、店内に燃え移るのに時間はかからないと思われた。それに、壁が一面倒壊したのだから、屋根が落ちてくることも充分に考えられた。マオはレジの収奪を再開していたが、さっきよりもゆったりと行動していたようだ。また誰かが襲ってくるのを待っているようだ。再び返り討ちにしたくてたまらないと言いたげなほどだった。

普通に考えれば、彼女たちは金を奪うと逃げるのだろう。もう誰も二人を止めはしない。しかし、今や彼女の最初の警告が、人質たちの集団的意識の中で反響していた。すべてが愛のためになされるのだとすれば、何かが欠けている。何かもっと恐ろしいことが起こるはずだ。愛はいつも予想以上のことを可能にする。

そしてこの懇願に応えて、レーニンが身の毛もよだつようなことをし始めた。コロンビア人に向けて皆が攻撃を仕掛けていると、カートが通る喧しい音が聞こえた。通路の一方の端からもう一方の端へ向けて、ミサイルのように放たれたのだ。近くにいた者たちは、中にシャンパンのボトルがいっぱいに詰められ、その上にガソリンタンクが五、六個載せられているのを確かめることができた。しかも青い火の玉が揺れていた。障害物にひとつもぶつからず、四十メートルをまっすぐに駆け抜けると、炭酸飲料の棚の端にぶつかった。聞いたこともないような爆発音だった。緑色のガラス破片と燃えるアルコールの濃密な波が、波動が広がった。その波が、加えて、続けざまに素早く何千本もの炭酸飲料のビンを破裂させた。商品棚の間には多くの人が逃げ込んでいたので、この災禍は死屍累々の惨状を招いた。叫び声は天まで届いたと言いたくなるほどだ。レジを開けるマオの動作は超自然的なまでにゆっくりとしたものになっていた。

これだけの大混乱だ、この機に乗じない手はない、とちょうどいい場所にいたある婦人が考えた。彼女はこう考えたに違いない。何を待ってるというの？　これは悪夢なんだから、夢の中でのように行動すればいいじゃない。マオはもう六つか七つのレジを開けていた。最初に開けたものからは遠くへ行っている。それで彼女は我慢できなくなって意を決したに違いない。商品棚から最初と二番目のレジの間の通路に全速力で駆け込んだ。まばたきする間にレジを通り過ぎ、建物の廊下に面したガラスの壁の前に達した。このまま突進すれば思いどおりにうまく行くはずだった。すっかりひびが入って粉々のガラスが、垂直に立っていられるのは奇跡にほかならないのだから、思いっきり飛び込めば衝撃には耐えられないはずだ。しかし婦人は、夢のように振る舞おうと思い立って行動に出たので、あくまでも夢の力学に従順に従おうと思ったのか、ガラスの壁の前でひざまずくと、指輪のダイヤモンドで切り始めたのだった。ガラスに円を描いたものの、それは彼女の体には小さすぎた。しかし、そんなことは些細なことだった。マオが二歩ばかり飛んで彼女のそばへ来た。怒りにまみれて踊り狂う影に隠れ、彼女が何をやったかは、誰にも見えなかった。わずか一瞬のことだった。そのわずかな時間の前半で、女はかろうじて叫び声をあげることができた。店内を貫く叫び声だった。後半は頂点の瞬間で、そのとき女は黙った。それにはわけがあった。襲撃者が身をもたげた時には、現代の黒ずくめのサロメよろしく、両手で婦人の首を持っていた。全員の視線がこの光景に注がれた。叫び声は何倍にもなった。そこから聞き取れるのは、人殺し！　野獣！　等々ではなく、見るな！　という声だった。皆が皆にそう注意していた。夢の第二部だった。夢見ることへの恐怖だ。あるいは思い出すことへの恐怖。同じことだが。しかしマオはレジの上に飛び乗り、頭をまるでボールのように、叫ぶ者たちへ投げた。

遺骸は、火が作り出す物騒な光と影のコントラストを残忍なまでに集めながら、空中に弧を描いた。一方、それを見ている者たちの背後では、二台目のカートが一台目と同じ道筋を逆方向に走り抜け、店の奥の端、考え込むような姿のワイン棚のところで爆発し、第三の火事を引き起こした。空気が薄くなっていた。火の熱は息苦しくなるような臭いに満ちていた。スーパー中の食べものと飲みものが気化していった。炭酸飲料の隣には掃除用品売り場があり、そこにも火は燃え移っていた。溶剤やロウ、ワックス、アンモニア水溶液などの容器が破裂して悪臭をまき散らし、空気を吸い込むことができなくなった。囚われの群衆はそこから遠ざかろうと押し合いへし合いし、他人の頭を踏み越えても行く始末、団結などあったものではなく、すっかり我先にと逃げまどう修羅場と化した。商品棚も丸ごと、ひとつ、またひとつと人々めがけて倒れこんでいった。だがまだ婦人の頭は空中にあった。死後の空中浮遊の奇跡が起きたのではなく、ほんのわずかな時間しか経っていないからだ。炎は影を作り、煙や血はガラスとなり、一場の情景が千もの場面に数を増した。そしてその千の場面のひとつひとつには、それぞれ千の場面があった……重みも嵩もない黄金の世界……つまるところそれは、今起きつつあることを理解するし方とも言えた。古い箴言（しんげん）が言うには、もし神がいなければすべてが許される、とのこと。しかし本当は、何ものも決して許されはしないのだ。なぜなら〈創造者〉よりも後々まで存続する本当らしさの法則というのがあるからだ。とはいえ、この箴言の後半はまだ使えるかもしれない。つまり、実現するかもしれない。仮定の形ではあるが。その時、もともとのものに倣った第二の箴言が生まれるだろう。もしすべてが許されるならば……というものだ。この第二の箴言には後半はない。実際、もしすべてが許されるならば……何だというのだ？　この疑問が、スーパーマーケット中のパニックに陥って混乱した千ものレリーフに投影されていた。そしてそこで一種の答えを得ていた。もしすべてが許されるならば……すべては形を変える。なるほど、形を変えるというのは、ひとつの質問でもある。しかしこの場合は、瞬間的かつ可変的にであれ、肯定されていた。相変わらず質問でありつづけるかどうかはどうでもよくて、それは答えでもあったのだ。この事件は、すべてのものには形を変えるだけのすばらしい潜在能力があるのだということを照らし出していたのだ。照らし出すといっても暗闇のなかにつつまれた形ではあるが。たとえばひとりの女性がいたとしよう。近所に住む主婦だ。その彼女が夕食の買い物に来た。ふだん彼女のことなど気にもしなかった他の主婦たちの目の前で、彼女はその場に溶け出していくのだ。炎がそのキルト地の上っ張りのねばねばした繊維を剝奪した。婦人は怪物になりつつあった。怪物といってもインドの舞姫のような怪物だ。これまで一生、彼女には見られなかったようななまめかしさを湛えた舞姫だ。四肢はだらりと長く延び、手が、三メートルにもなった腕の先で床を這いずり回っている。脚は一度、二度、コブラのように何度となくとぐろを巻いていく……しかも彼女は声に出さずして歌っていた。声域は、比較するならば、内臓も肉体も膨れあがらせながら、マリア・カラスのそれに近づいていくように思われた。言うまでもないが、加えて彼女の歌が豊かになっているのは、彼女が笑いやあえぎ声を発し、人間のものではない踊りを踊っているからだ……彼女は今や動物になろうとしていた。といっても、同時にあらゆる動物である動物だ。皆に見られる動物には体が折れ曲がっている箇所から刺が飛び出、まるで檻の鉄棒が突き刺さっているみたいだ。蘭を背中に背負った熱帯雨林の動物。虹が一本、奔流となって流れていた。赤、青、雪のような白、緑、深緑、暗緑色……彼女は植物になった、石になった、ぶつかり合う石、海、タコ人形……つぶやいた、演技した（ヒッチコックのレベッカだ）、演説した、そして同時にパントマイムした。彼女は一台の自動車になった、惑星になった、飴のパリパリいう包装になった、するさいれるになった……そして同時に彼女はたったひとつの眼差しになった。小さな残心になった。というのも、誰しも同じ目に遭ったかもしれないのだし、実際、同じ目に遭っていたのだ。彼女は何百もあるうちのひとつの事例に過ぎなかった。展示会に出されたただ一幅の絵だった。

　マオはなおも自分の作業を続け、用心からなのか、それとももう潮時だと思ったのか、レジの金をあさることを終えようとしていた。左手に提げた袋は金でいっぱいに膨れあがっていた。何分経ったのだろうか？　スーパーマーケットに闖入してから、通算で五分ばかりだろうか？　そのわりにずいぶんと色々なことが起こったものだ！　誰もが警察を、消防を待っていたが、誰もが待つということは隔世遺伝的行為なのだと知っていた。なぜならもう何も期待すべきものはないからだ。皆が感じていたことは、誰かに駆けつけて欲しいという期待とは正反対のことだった。遠心力に任せて飛んでいきたいという気持ちが支配的だった。ビッグ・バンだ。宇宙の誕生だ。見知ったものが何もかも光速で遠ざかっていき、遥か遠く、宇宙の暗黒に包まれた場所で、今とは違う前提に基づく新たな文明を築くようなものだ。

それは始まりだったが、同時に終わりでもあった。というのも、マオが一番のレジから床に飛び降り、それで仕事を終え、出口に向かって走り出したからだ。レーニンが合流し、二人で通りに面した角のガラスの壁に体当たりした……罰を免れる愛の力をこめて……ガラスは粉々に砕け、空洞が彼女たちをきれいに連れ去った……二つの暗い人間の形が、外の広大無辺な闇に紛れて外形も見えなくなっていく……そしてまさに二人が外に出た瞬間、三つ目の影が合流した……夜の中を大きく旋回しながら逃走する三つの天体になった……南半球の子供たちなら誰もがまじないにかかったように、何が何だかわからないといった表情で眺める、三体のマリア像になった……そして三人はフローレス地区の街路の中に消えていった。

一九八九年五月二十七日

訳者あとがき

カルロス・フエンテスは二〇〇三年の小説『鷲の椅子』で、二〇二〇年にセサル・アイラがノーベル文学賞を獲ると書いている。二〇〇三年というと本書の表題作『文学会議』の最初の版が出た一九九七年の六年後だ。アイラの作品は最初アルゼンチンの小さな出版社から出て、時間差を置いてメキシコのエラ社、さらにはスペインのモンダドーリ社がより広範な流通に乗せるということが多い（ただし、この作品の初版はベネズエラだが）。エラ社版は二〇〇四年刊で『鷲の椅子』より後ではあるが、「天才」カルロス・フエンテスのこと、初版を読んでいたとしても不思議ではない。『鷲の椅子』における近未来予想は、『文学会議』において天才とおだてられ、見ようによっては揶揄されているようにも思える扱いを受けたカルロス・フエンテスからの、一種の意趣返しに違いない。

万年ノーベル賞候補のまま惜しくも世を去ったフエンテスは知る由もないだろうが、ここ二、三年ほど続けて、セサル・アイラはノーベル文学賞候補との下馬評が立ち、十月の受賞者発表のころになると、どこかしらのメディアから、私のところにコメントを用意するようにとの依頼が来るのだから皮肉なものだ。ノーベル文学賞の選考過程はあくまでも秘密なので、本当に候補かどうかは定かではないのだが。ともあれ、国際マン・ブッカー賞の候補にノミネートされたり（二〇一五年）ロジェ・カイヨワ賞を受賞したり（二〇一四年）と、アイラの国際的な評価は高まるばかりだ。

César Aira, *El congreso de literatura* (Barcelona: Random House Mondadori, 2012) および、*La prueba* (México: Era, 2002) の全訳（初版はそれぞれ一九九七、九二年）を収めた本訳書のうち、表題作『文学会議』は、カルロス・フエンテスのクローン作成のための細胞採取を目的としてベネズエラのメリダという街にやって来た〈マッド・サイエンティスト〉にして作家たる「私」セサルの、何とも人を食った語りによって成り立っている。「私」がフエンテスのクローンを作ることを思い立ったのは、クローン作成に成功し、世界征服を企んだものの、世界の征服の仕方がわからないので、天才のクローンを作らねば、との論理からだ。作家という世を忍ぶ仮の姿を持つ「私」は、折良くフエンテスと同じ会議に招待されていた。それで会場のメリダにやって来たのだ。しかし、フエンテスは「私」とは比較にならないほどのセレブリティで、近づきがたい人物とされているし、小説のクライマックスに用意されたカタストロフの最中には、我先にと逃げ去る姿が確認されるしで、フエンテスは果たして「天才」と褒めそやされているのか、それとも揶揄されているのか、どうにも怪しいのである。

念のため、カルロス・フエンテス（一九二八－二〇一二）について簡単に説明しておこう。二〇世紀メキシコを、そして広くスペイン語圏を代表する作家だ。『澄みわたる大地』、『アルテミオ・クルスの死』、『誕生日』、『脱皮』、『ガラスの国境』などの翻訳（絶版のものも含む）もあり、『セルバンテスまたは読みの批判』、『埋められた鏡』といった批評や文化史についてのエッセイも紹介ずみだ。しかし、とりわけ初期小説作品の難解な手法実験が仇になっている観があるのは残念なところ。最大の野心作『我らが大地』は原書出版後四十年を経てやっと、本書と同時期に邦訳が出るという。わが国でそのスケールが充分に認識されるのはこれからかもしれない。ともかくそれだけの大作家であるので、少なくとも一般的には「フエンテスは天才である」との命題に揶揄や嫌味を感じさせる余地はない。

　世界征服のための切り札クローンの元として思いついた例がフエンテスであったという設定に、皮肉や揶揄のにおいが嗅ぎ取られるとすれば、フエンテスが作家として挙げた業績以上に、彼が果たしたフィクサーのような役割の重要度が知られているからだろう。一九六〇年代、ラテンアメリカ文学の〈ブーム〉と呼ばれるものがあった。この地域の作家たち（大半はスペイン語作家）が大挙して世界文学の前面に出、衝撃を与え、読まれ、スタンダードとして定着するにいたった事態だ。フエンテスその人やガブリエル・ガルシア＝マルケス（コロンビア、一九二七－二〇一四）、マリオ・バルガス＝リョサ（ペルー、一九三六－）といった面々が中心を担い、同時に少し上の世代、ホルヘ・ルイス・ボルヘス（アルゼンチン、一八九九－一九八六）、ミゲル・アンヘル・アストゥリアス（グアテマラ、一八九九－一九七四）、アレホ・カルペンティエール（キューバ、一九〇四－八〇）、フリオ・コルタサル（アルゼンチン、一九一四－八四）などを知らしめる役割も果たした。この〈ブーム〉を可能にした要因はいくつもあるが、そのうちのひとつが作家たちの国籍を超えての連帯の意識だったそうで、そんな連帯感を醸成する場となったのが数多く開かれた作家会議だし、そこで陰に日向に立ち回り、仲間に出版社を紹介したり英訳の手はずをつけてくれたり、講演や次の作品のテーマを示唆したりしたのがフエンテスだったという。近年、これまで未訳のままだった作品が立て続けに翻訳出版されているチリの作家ホセ・ドノソ（一九二四－九六）がそう証言している（『ラテンアメリカ文学の〈ブーム〉』）。フエンテスは一時期、ラ、テ、ン、ア、メ、リ、カ、作、家、た、ち、と、い、う、軍、団、を、率、い、て、文、学、の、世、界、を、征、服、し、た、最大の功労者のひとりだったのだ。思弁的な作家というよりは行動的な政治家然とした彼のこうした特質が、とりわけ内向的で沈思黙考型の雰囲気を漂わせるセサル・アイラ（および小説内の同名の語り手）の斜に構えた視点を通過すると、揶揄されているように見えるのだろう。

語り手＝主人公が参加する文学会議は、まったくの空想だと考える向きもあるようだが、一応モデルがある。小説内でと同様、ベネズエラはアンデス地帯の都市メリダにあるロス・アンデス大学が主催するマリアーノ・ピコン＝サラス文学ビエンナーレだ。ピコン＝サラス（一九〇一－六五）は、この都市で生まれた二〇世紀ベネズエラを代表する知識人・作家だ。かろうじて『ラテンアメリカ文化史』の邦訳が一冊ある。その彼を記念して一九九一年から隔年で開かれている文学会議、フェスティヴァルが、マリアーノ・ピコン＝サラス文学ビエンナーレだ。途中、財政難から中断があったりしたようだが、確認したところ、第九回が二〇一二年に開かれている。アイラ（現実の作者）はこのフェスティヴァルの最初の二回、すなわち九一年と九三年に連続して参加している。二回目には、本作中でディスコで共に過ごしカタストロフの朝を迎える女子学生と同じネリーという名のヴォランティア・スタッフ（ロス・アンデス大学の大学院生）のアテンドを受けたのだそうだ。内向的で人のいる場所など嫌っているように見えるセサル・アイラも、こうした会議に出席していたのだ。ただし、このビエンナーレにはカルロス・フエンテスは参加しなかった。

それまで数冊の小説と翻訳を出しただけの地味な作家だったアイラはこのフェスティヴァルのころから作品を年に数冊のペースで量産するようになった。さらに、二回目に参加したのと同じ九三年の作品『わたしはいかにして修道女になったか』（『わたしの物語』として拙訳で、二〇〇一二年、松籟社より刊行）によってアイラの名は広まったのだった。厳密には、この作品が九八年にスペインのモンダドーリ社から再刊されることによってではあるが。そして何より本書の表題作『文学会議』の初版は、メリダのロス・アンデス大学マリアーノ・ピコン＝サラス基金が版元となっている。つまり小説『文学会議』はメリダでのフェスティヴァルの第二回の経験を基に書かれ、フェスティヴァルの主催者の基金によって世に出た。タイトルばかりか、それ自体が「文学会議」なしには語れない作品だ。アイラはメリダでの文学会議によって作家としてのキャリアに弾みをつけ、『文学会議』を書き、知名度を上げたのだ。

この『文学会議』のモンダドーリによるスペイン版（あるいは、この版の宣伝文句に従えば、「メキシコを除く全世界版」）が出た直後の二〇一二年三月二十九日、スペインを代表する日刊紙『エル・パイス』に書評を寄せたハビエル・ロドリゲス＝マルコスは、興味深い観測を披露している。

文学会議というのは古い習慣で、最近ではフェスティヴァルへと姿を変えているが、それがさらに文学ジャンルへと変革する途上にある。実際、最近、このジャンルに貢献するいくつかの作品が現れたし、あるいはもうすぐ現れることになっている。まずはエンリーケ・ビラ＝マタスの『ディランの空気』。二つ目がセサル・アイラの『文学会議』。三つ目がフェルナンド・サバテールの『王妃の招待客』だ。

小説二作（『ポータブル文学小史』と『バートルビーと仲間たち』）の翻訳作品があるビラ＝マタス（一九四八－）と『物語作家の技法』や『父が子に語る人間の生き方』およびその続刊の翻

訳があるサバテール（一九四七－）、二人のスペイン人作家とならび、アイラは「文学会議」という新たな文学ジャンルを作り出した、あるいは作り出しつつあるというのだ。さらにロドリゲスは、この二人に比しても、アイラの小説はとりわけて特異な作品だと評価している。

内向的に見えるセサル・アイラではあるが、こうして、文学会議に参加し、それを題材とした『文学会議』という作品を書き、それによって「文学会議」というジャンルの生成に寄与した。であれば、その小説『文学会議』内に描かれた会議に、事実を曲げてカルロス・フエンテスを参加させたことは、表面的な設定の面白みという以上の意義を有しているかもしれない。上に述べたように、フエンテスがやはり作家会議を通してラテンアメリカ文学の〈ブーム〉を支えた（文学の世界を征服した）立役者だったからだ。つまりアイラは、小説『文学会議』に世代の交代をも書き記したということだ。「天才」フエンテスへの揶揄と見えたものは、彼や彼の世代への決別の辞でもあったのだ。

ラテンアメリカ文学の〈ブーム〉のインパクトが多大であればあるほど、それに続く世代が苦しむことは理の当然だ。その影から逃れるのに苦労するのだ。先ごろ（二〇一五年五月）邦訳の出た『クリングゾールをさがして』の作者ホルヘ・ボルピ（メキシコ、一九六八－）は一九九六年、仲間たちとともに「クラック宣言」を出して〈ブーム〉の時代の作家たちに決別した。昨年『チューリングの妄想』の邦訳が出たエドゥムンド・パス・ソルダン（ボリビア、一九六七－）は同じ九六年、チリのアルベルト・フゲー（一九六四－）らが出したアンソロジー『マッコンド』（その序文はガルシア＝マルケス的な文学、言い換えれば〈ブーム〉の文学に対する挑戦状になっている）に参加したひとりだ。一九四九年生まれのセサル・アイラはボルピやパス・ソルダンよりは一世代上ではあるが、彼もまた〈ブーム〉の巨大な影に悩まされたひとりであることは間違いない。そんなアイラが「クラック宣言」や『マッコンド』の直後の九七年、『文学会議』を世に問うたとなれば、この小説は、表面的なナンセンスを遥かに超えた文学史的意義をまとうことになる。九六、七年が〈ブーム〉を頂点とするラテンアメリカ文学のひとつのサイクルの区切りだったことを示しているというわけだ。

そう考えると、フエンテスがアイラにノーベル賞をと考えたことは、単にユーモアにユーモアで応えたとか、意趣返しをしたといった問題でもなくなる。次なる時代をセサル・アイラに託した、本気の後継者指名だったのかもしれない。ちなみに、『文学会議』スペイン版が出た二〇一二年は、直前まで元気にコロンビアやアルゼンチンに姿を現して演説などしていたフエンテスが、急逝して世界を驚かせた年だった。

何度か述べているように、セサル・アイラ作品は、最初は主にアルゼンチンの小出版社から刊行され、後にメキシコとスペインで再版される。『試練』は最初、ベネズエラでの二回の文学会議の合間の年一九九二年に、ブエノスアイレスのグルーポ・エディトール・ラティノアメリカーノという、名前は大きいが小さな出版社から出された。メキシコのエラ社の版は二〇〇二年だ。スペインのモンダドーリの版は『わたしの物語』こと『わたしはいかにして修道女になったか』に『涙』とともに収録されている。九八年の刊行だ。今ではポケット版が存在する。私はこのポケット版とエラ社の版を持っている。今回、エラ社版を底本にしたのは、二つの間に異同が存在するからだ。その異同が面白い。

本文を読んでからこの「あとがき」に取りかかった読者ならばおわかりのように、この中篇小説は「ねえ、やらない？」の衝撃的な呼びかけから始まる。太った少女マルシアが二人連れのパンク少女からこう声をかけられ、つまり、いわゆるナンパされ、あれこれと言葉の攻防を始めるという話だ。この冒頭の一文が、メキシコ版では“¿Querés coger?”であるのに対し、スペイン版は“¿Querés c…?”と省略されている、もしくは伏せ字になっているのだ。「やる」と言っているのだから、伏せ字にされた単語の意味は察しがつくだろうが、果たして、これは誰のための伏せ字なのか？

「やる」と訳した語“coger”は辞書をひもとけば、大抵「取る、拾う」などの意味が第一義とされている。落ちたものを拾う、手に取る、それからタクシーなどの乗り物を「拾う、乗る」の意味でもある。そして、やはり大抵の辞書に書いてあるとおり、広大なスペイン語圏のうちスペインを除くかなりの範囲内で「セックスする」の俗語の意を持っている。すなわち、「やる」だ。スペイン以外の広範囲でその意味があるのだ。アルゼンチンはもちろん、メキシコでも“coger”と言ったら「やる」のことだ。だから「タクシーを拾う」のに“coger”の使用は回避されることが多い（まったく使わないとは言わない）。では、メキシコ版では明記されているこの語が、この語をそんな意味では使わないスペインの版で伏せ字になっているのは、いったいどうしたことなのか？

伏せ字と言わずとも、冒頭のこの発話に何らかの修正が必要な表現があるとすれば、それはむしろ最初の語“querés”のはずだ。これは「……したい」の意味を表す動詞“querer”が活用した形だが、アルゼンチンで使われる“querés”という変化形は、メキシコにもスペインにも存在しない。アルゼンチンやウルグアイなどの一部を除く広範な地域ではこれに対応する形は“quieres”だ。つまり、アルゼンチン版に“¿Querés coger?”と書かれていたはずの文章を、各国版の事情に合わせて修正しなければならないとすれば、メキシコ版は“¿Quieres c…?”、スペイン版は“¿Quieres coger?" となっていなければならないはずだ（念のために言うと、文章冒頭のひっくり返った疑問符はスペイン語に普遍的な記号）。それなのにそうではなく、現在の形が採られている。

つまりこの異同はナンセンスなのだ。スペイン版の伏せ字は、いかにもカトリックの国らしい慎みから来る性的表現への検閲ではない。アルゼンチン、メキシコ、スペイン三国のスペイン語の語法の違いから来るありうべき誤解を回避するための修正でもない。逆にこうしたスペイン語圏の広大さに由来する言語の差異を愚弄するかのようなナンセンスな遊戯なのだ。

何度か名を挙げた『わたしの物語』の「あとがき」で私は、この小説の原題『わたしはいかにして修道女になったか』にある「修道女」は、アルゼンチン独特の俗語の意味として理解した方がいいのではないかとの仮説を述べた。『試練』の異なる版における "querés" という変化形や "coger" という俗語以上に、この問題は国と習慣を異にする人々には、たとえ同じスペイン語といえども、理解不能な言語操作だ。アイラの文章の論理は、読者の期待を軽々と裏切る。論理というものは共有可能なものだという読者の安易な思い込みに対してしたたかなしっぺ返しをくらわせる。それのみならず、一語一語の単語においても同様のことが起こるようだ。普通の単語の意味だと思って読んでいると、その単語の意味内容は実現されない。修道女になるかと思われた少女は修道女にはならない。伏せ字の必要などいささかもない普通の単語が伏せ字になっていたりする。私たち読者は、こうして自らの言語のあり方を疑うことになる。書かれている言葉と文章に新たな解釈を施さなければならなくなる。つまり、翻訳が必要なのだ。スペイン語から日本語への翻訳ではない。スペイン語からスペイン語への翻訳だ。日本語訳のテクストから別の解釈への翻訳だ。

そういえば、『文学会議』では、話者の「私」が自分の科学的試みに「翻訳」が必要だとして、再三それを行っていたのだった。自分の物語を語るためには、そのひとつ前、この物語を可能にする別の物語に遡り、しかる後に「翻訳」するのだと言っていた。翻訳の問題は物語の始まりに位置する重要な行為だという考えが根底にはあるのだろう。サン＝テグジュペリやスティーヴン・キング、そしてシェイクスピアなど数多くの翻訳も出版し、それを職業と呼ぶ作家ならではの認識だ。

　翻訳とは言い換え、作りかえだ。作りかえとは脚色でもある。『試練』は日本でも公開されたディエゴ・レルマン監督の映画『ある日、突然。』の原作というか、原案となったことでも知られている。DVDも発売されているので、見比べてみるのは面白いかもしれない。小説ではナンパで知り合った三人の少女が、試練（プルエバ）が恋愛を正当化すると主張してスーパーマーケット強盗という試練をくぐることになるのだが、映画では恋愛を正当化するのはただ証明（プルエバ）だけだとして、マオはマルシアへの愛の証明を見せに行くのだ。愛の証明とはマルシアがまだ見たことのない海のことだ。そして、映画はそこからロードムーヴィーに転じる。小説では既に周知のカタストロフへと展開する。小説から映画への脚色＝翻訳の行為の中心点に、スペイン語の単語の意味の解釈の違い、すなわち翻訳の問題が存在することがよくわかるだろう。

　セサル・アイラの読者である私たちは翻訳を強いられる。つまりは作りかえを強いられる。読者のすべてが映画監督になる必要はないが、映画に脚色するくらいの作りかえが必要になる。それはつまり、新たな創作の始まりだ。アイラを読むということは、小説を読むことではなく、小説を書くことに似た体験なのかもしれない。

　二重三重に翻訳することを強いられるセサル・アイラのテクストを日本語に翻訳する作業は、

かくして、つらいものになった。『わたしの物語』の翻訳を上梓した直後くらいにスペイン版『文学会議』を手に入れ、読んで面白かったので、クレスト・ブックスの編集者・佐々木一彦さんに翻訳を持ちかけ、このたびの出版が実現したわけだが、佐々木さんの丁寧な読みとコメントがなければ、翻訳は……日本語訳は今より瑕疵の多いものになったかもしれない。感謝の念に堪えない。

マリアーノ・ピコン＝サラス文学ビエンナーレについて教示してくれたのは友人のグレゴリー・サンプラーノさんだ。今でこそ東京大学の同僚（勤務するキャンパスは異なるが）だが、グレゴリーは長くロス・アンデス大学で働いていた。つまり、ビエンナーレの主催者だったのだ。巡り合わせと友情に感謝する。彼からは実在のネリーについてのもう少し踏み込んだ情報を教えてもらったのだが、ここでは秘密にしておこう。

二〇一五年九月

柳原孝敦

El congreso de literatura/La prueba

César Aira

文学会議

著 者

セサル・アイラ

訳 者

柳原孝敦

発 行

2015年10月30日

発行者　佐藤隆信

発行所　株式会社新潮社

〒162-8711 東京都新宿区矢来町71

電話 編集部 03-3266-5411

読者係 03-3266-5111

http://www.shinchosha.co.jp

印刷所

株式会社精興社

製本所

大口製本印刷株式会社

乱丁・落丁本は、ご面倒ですが小社読者係宛お送り下さい。

送料小社負担にてお取替えいたします。

価格はカバーに表示してあります。

ISBN978-4-10-590121-9 C0397

CREST BOOKS

Shinchosha